Chantaje a una inocente
Jacqueline Baird

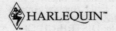

Editado por HARLEQUIN IBÉRICA, S.A.
Núñez de Balboa, 56
28001 Madrid

© 2010 Jacqueline Baird. Todos los derechos reservados.
CHANTAJE A UNA INOCENTE, N.º 2036 - 10.11.10
Título original: Untamed Italian, Blackmailed Innocent
Publicada originalmente por Mills & Boon®, Ltd., Londres.

I.S.B.N.: 978-84-671-9058-8
Depósito legal: B-35406-2010
Editor responsable: Luis Pugni
Preimpresión y fotomecánica: M.T. Color & Diseño, S.L.
C/ Colquide, 6 portal 2 - 3º H. 28230 Las Rozas (Madrid)
Impresión y encuadernación: LITOGRAFÍA ROSÉS, S.A.
C/ Energía, 11. 08850 Gavá (Barcelona)
Fecha impresion para Argentina: 9.5.11
Distribuidor exclusivo para España: LOGISTA
Distribuidor para México: CODIPLYRSA
Distribuidores para Argentina: interior, BERTRAN, S.A.C. Vélez
Sársfield, 1950. Cap. Fed./ Buenos Aires y Gran Buenos Aires,
VACCARO SÁNCHEZ y Cía, S.A.
Distribuidor para Chile: DISTRIBUIDORA ALFA, S.A.

Capítulo 1

ZAC Delucca bajó de la limusina y miró hacia el edificio de cuatro plantas de estilo georgiano: la sede de Westwold Components, la empresa que había adquirido dos semanas antes. Raffe, su hombre de confianza, estaba a cargo de la operación, así que en ningún momento había esperado que lo necesitaran en Londres a mitad de junio.

El codiciado millonario avanzó hasta las puertas del edificio con aire de pocos amigos. Era arrebatadoramente atractivo; su cabello negro y sus astutos ojos oscuros no dejaban indiferente a nadie, y el impecable corte de su traje de seda daba fe de la extraordinaria habilidad de su sastre.

–¿Estás seguro de todo esto, Raffe? –le preguntó Zac a su asistente, que lo había acompañado en el coche.

Raffe Costa era su mano derecha y también su amigo desde hacía más de diez años. Zac había ido a un banco de Nápoles a pedir un préstamo para uno de sus proyectos y allí se había encontrado con Raffe, que en ese momento trabajaba en el departamento financiero de la entidad. Habían congeniado desde el primer momento y dos años más tarde Raffe se había unido al próspero negocio de Zac como contable y asistente personal.

—¿Que si estoy seguro? —dijo Raffe lentamente—. No, no del todo, pero sí lo bastante como para que lo compruebes. No lo notamos cuando hicimos las investigaciones pertinentes antes de efectuar la compra porque el desvío de fondos, si eso es lo que es, ha sido llevado a cabo de una forma muy sutil.

—Será mejor que tengas razón, porque tenía pensado tomarme unas vacaciones, y no quería pasarlas en Londres —dijo Zac en un tono seco y mirando a su asistente de reojo—. Lo que tenía en mente era una playa paradisiaca y una mujer hermosa.

Nada más entrar Raffe lo presentó ante el guardia de seguridad y éste le hizo firmar el libro de registro; seguramente para impresionar un poco.

—Estoy segura de que el señor Costa se lo habrá dicho —dijo Melanie, la recepcionista, después de las presentaciones. La joven se había agarrado del brazo de Zac y no lo soltaba—. Todos estamos encantados de pasar a formar parte de Delucca Holdings, y si hay algo que pueda hacer por usted... —la rubia batió sus largas pestañas y le lanzó una mirada seductora—. Sólo tiene que pedírmelo.

—Gracias —dijo él, en un tono cortés, pero formal, y se zafó de ella de inmediato—. Vamos, Raffe, busquemos... —y entonces se detuvo al ver entrar a una mujer.

—Exquisita —murmuró en un susurro, mirándola de arriba abajo.

Aquella joven tenía cara de ángel, y un cuerpo

capaz de tentar a cualquier hombre con sangre en las venas.

Unos enormes ojos azules, piel de porcelana, y unos carnosos labios hechos para ser besados. El cabello, rizado y rojo como un puñado de rubíes, le caía en cascada sobre los hombros, realzando el blanco inmaculado del vestido de firma que llevaba. El fino tejido le acariciaba las curvas con sutileza y el ancho cinturón blanco que llevaba ceñido a la cintura potenciaba sus voluptuosas caderas.

«Tip, tap, tip, tap...».

Aquellas sandalias rojas de tacón de aguja se acercaban más y más, disparando su libido con cada paso. El corazón de Zac se detuvo un instante. Cualquier hombre hubiera muerto por aquellas piernas largas y esculturales...

—¿Quién es? —le preguntó a Raffe.

—No tengo ni idea, pero es impresionante.

Zac miró a su amigo y vio que éste la observaba de la misma manera.

«Quítale los ojos de encima. Es mía», pensó para sí.

La chica no era su tipo. Él siempre había preferido a las morenas altas y llamativas. Sin embargo, estaba decidido a llevarse a la cama a aquella pequeña y delicada pelirroja...

Zac esbozó su mejor sonrisa, pero la joven pasó de largo con una mirada despreciativa.

Sally Paxton atravesó el vestíbulo de Westwold Components con paso decidido. Al pasar por delante del buró de recepción se encontró con un pequeño grupo que la observaba con atención. Un hombre alto le sonreía efusivamente.

¿Acaso era alguien a quien debía conocer?

Sally se puso tensa y apretó el paso. Tenía que parecer segura y desenvuelta, como si ése fuera su sitio.

Al pasar por delante de él, lo saludó con un gesto frío y siguió adelante.

Sally Paxton tenía una misión que cumplir… y nada ni nadie iba a interponerse en su camino…

Su mirada buscó los ascensores situados al final del elegante recibidor. Uno de ellos era de uso público, y el otro iba directamente a la última planta, donde estaba el despacho de su padre.

Zac se quedó estupefacto. Por primera vez en su vida, una mujer lo había ignorado por completo.

–¿Quién es esa chica? –le preguntó a la recepcionista–. ¿En qué departamento trabaja?

–No lo sé. Es la primera vez que la veo.

–Seguridad –dijo, llamando al guarda.

Pero éste ya había echado a andar detrás de la joven.

–¡Espere, señorita, tiene que firmar!

Enojada y absorta en sus propios pensamientos, Sally se detuvo delante del ascensor y apretó el botón.

Hacía más de siete años que no visitaba el despacho de su padre. Entonces tenía dieciocho años y se había presentado por sorpresa un miércoles por la tarde. Aquel día era el cumpleaños de su madre y Sally había viajado hasta Londres para hacerle volver a casa antes del fin de semana.

Por aquel entonces su madre aún estaba convaleciente de una mastectomía, pero él sólo se había dignado a enviarle una fría postal de felicitaciones.

«Una mísera postal…», pensó Sally para sí con amargura y rabia, reviviendo lo que había ocurrido después.

Al abrir la puerta del despacho, se había encontrado con una imagen que jamás podría olvidar: la joven secretaria, semidesnuda sobre el escritorio, y su padre, inclinado sobre ella…

Su padre… un mujeriego empedernido… un adúltero despreciable… una rata mentirosa… el hombre al que su madre amaba a pesar de todo…

El ascensor no tardó en bajar y Sally subió rápidamente.

Esa vez tendría que acompañarla, por las buenas o por las malas…

En esa ocasión, su padre había argumentado que, con la adquisición de la empresa por parte de Delucca Holdings, estaba hasta arriba de trabajo y no podía ir a visitar a su madre.

En la última visita que le había hecho ella a la residencia en la que estaba, el doctor le había dicho que el corazón de su madre estaba muy débil a consecuencia del tratamiento para el cáncer de mama y el atropello que había sufrido después. Según le dijo, como mucho le quedaba un año de vida, pero podía morir en cualquier momento.

En esos momentos, las puertas del ascensor se abrieron y ella salió.

Zac fue hacia el guarda de seguridad y apretó el botón del ascensor.

–Lo siento, señor, se nos ha escapado. Pero este ascensor sólo para en la última planta, donde está la sala de juntas y el despacho del señor Costa. El otro despacho de la planta es el del señor Paxton, el director financiero de la empresa, pero esa joven no era su novia… su secretaria –se apresuró a decir, corrigiéndose a sí mismo–. Quizá la joven quisiera verle a usted.

–No te preocupes, Joe –dijo Zac, mirando la plaquita que el empleado llevaba en la solapa–. Estabas distraído, y si lo que dices es cierto, entonces esa señorita no irá a ninguna parte. Puedes volver a tu puesto.

Las puertas del ascensor se abrieron y Zac y Raffe entraron rápidamente.

–¿Crees que la chica te estaba buscando? –le preguntó Raffe con una sonrisa–. ¿O debería decir «persiguiendo»?

–Eso sería tener mucha suerte –dijo Zac, quitándose importancia.

Sin embargo, no era nada inusual que las mujeres fueran detrás de él. En una ocasión un reportero del corazón había dicho de él que era un «imán para las féminas», y lo cierto era que no se equivocaba en absoluto; millonario, apuesto, con cara de chico malo y una nariz rota que lo hacía irresistible.

–Tú sospechas de este tipo, ¿no es así, Raffe?

–Sí.

–Creo que es un hombre casado, ¿no?

–Sí, casado y con una hija, creo.

–Y por lo que parece, el hombre tiene una amante, y ésas no salen nada baratas. Bueno, parece que tus sospechas son más que fundadas, Raffe.

Sally irrumpió en el despacho de su padre y entonces se detuvo. Él estaba sentado detrás del escritorio con la cabeza entre las manos.

Desconcertada, la joven le llamó suavemente.

–¿Papá?

Él levantó la cabeza.

–Oh, eres tú –dijo su padre, irguiéndose–. ¿Qué estás haciendo aquí? No, no me lo digas –levantó una mano–. Has decidido emprender otra de tus misiones moralistas y quieres que vaya a visitar a tu madre, ¿no?

Sally se dio cuenta de que seguía siendo el mismo bastardo egoísta de siempre.

–Qué tonta soy –dijo, sacudiendo la cabeza con desprecio–. Por un momento pensé que estabas pensando en tu esposa –le espetó con sarcasmo y furia.

Miró a su alrededor y localizó el despacho de secretaria.

Vacío.

–Bueno, ya estoy cansada de tus mentiras y de tus engaños y, por una vez en tu vida, vas a hacer lo correcto y me vas a acompañar a ver a mamá.

–Ahora no, cariño –le dijo él, incorporándose y ajustándose la corbata.

En ese momento Zac Delucca entró en la estancia, justo a tiempo para oír el apelativo con el que Paxton se había dirigido a la joven.

«Cariño…»

–¿Qué pasa? ¿Una de tus «chicas» te ha dejado en la estacada? Y las llamó «chicas» deliberadamente –le dijo Sally, esbozando una sonrisa mordaz.

Pensando que había puesto el dedo en la llaga, la joven vio palidecer a su padre, pero entonces se dio cuenta de que él miraba más allá de ella.

Rápidamente los labios de Nigel Paxton esbozaron una sonrisa que apenas le llegó a los ojos. Su mirada estaba llena de miedo.

«¿Qué sucede?», se preguntó Sally, sintiendo un extraño escalofrío.

Alguien acababa de entrar en el despacho.

–Señor Costa, no esperaba que volviera tan pronto.

Sally se puso rígida.

Su padre dio un paso adelante, ignorándola por completo.

–Nigel, te presentó al señor Delucca.

–Señor Delucca, es un placer conocerle.

Por su tono de voz, Sally se dio cuenta de que aquel inesperado encuentro estaba muy lejos de ser un placer para su padre.

«Delucca…», repitió para sí, reconociendo el nombre de inmediato.

En alguna ocasión, su padre le había dicho que

el tal Delucca iba a absorber la empresa y poco
después había leído un artículo sobre él en el pe-
riódico. Al parecer, aquel hombre era un magnate
italiano que engullía compañías a diestro y siniestro; un multimillonario prepotente que se dejaba
ver en compañía de modelos despampanantes con
la cabeza hueca.

«Increíble…», se dijo Sally, perpleja.

Por una vez parecía que su padre decía la verdad. Si aquel hombre era el nuevo propietario de la
empresa, entonces quizá tuviera que trabajar todo
el fin de semana.

Pero ella estaba dispuesta a evitarlo a toda costa…

Capítulo 2

ZAC Delucca dio un paso adelante y le estrechó la mano a Nigel Paxton.

–El placer es mío –dijo en un tono suave y entonces miró hacia la hermosa joven–. Siento interrumpir. No sabía que tuviera compañía –añadió, volviéndose hacia Nigel–. Tiene que presentarme a su encantadora amiga, Paxton –dijo, mirándola de arriba abajo una vez más.

–Oh, no es mi amiga –dijo Nigel, riendo–. Es mi hija, Sally.

Ella se volvió ligeramente. Levantó la vista y se encontró con unos penetrantes ojos negros que la escudriñaban con descaro.

«Ojos negros, cabello negro y… corazón negro», pensó para sí.

–Sally… ¿Puedo llamarla Sally? –le preguntó con cortesía–. Es usted una joven muy hermosa. Su padre debe de estar muy orgulloso.

Irguiendo los hombros, ella le ofreció la mano.

Él la tomó de inmediato.

–Es un placer conocerle –dijo ella con frialdad y trató de soltar la mano inmediatamente.

Sin embargo, él se la retuvo un instante y deslizó los dedos sobre su piel.

«Qué predecible. Otro más como mi padre…», pensó ella.

Zac la observó con atención mientras estrechaba la mano de Raffe. Su voz era suave, y algo ronca, y su sonrisa escondía otros pensamientos. No dejaba de mirar a su padre y la tensión entre ellos era evidente.

–Espero que no le importe, señor Delucca –dijo Sally, pensando deprisa y sin siquiera mirarle a los ojos–. He venido a convencer a mi padre para que almuerce conmigo. Siempre le digo que trabaja demasiado. ¿No es así, papá?

–Sí, pero llegas un poco tarde. Me tomé un sándwich hace un rato, y estoy muy ocupado. Como ves, el nuevo dueño de la empresa, el señor Delucca, acaba de llegar. Hoy no puedo llevarte a comer. ¿Te llamo esta noche?

Sally sabía que ésa era otra de sus mentiras, pero no podía hacer nada al respecto en presencia de aquellos dos extraños.

Le lanzó una mirada fulminante a su padre y entonces sintió el tacto de una mano cálida en el antebrazo.

Sorprendida, levantó la vista de inmediato.

–Su padre tiene razón, Sally. Mi asistente y él van a estar muy ocupados durante el resto del día.

Ella trató de apartar la vista, pero no fue capaz; tal era el embrujo de aquellos ojos oscuros e intensos.

Sin embargo, no era un hombre apuesto. En algún momento de su vida debían de haberle roto la nariz, y la fractura no había soldado bien. Además, tenía una cicatriz de varios centímetros por encima de una ceja.

–Pero yo no podría dejar que una joven como usted almorzara sola.

Sally bajó la vista. Ella sabía muy bien a dónde quería llegar aquel individuo.

–Si no tiene inconveniente, señor Paxton, me gustaría llevar a almorzar a su hija. Raffe puede explicarle los pormenores del asunto, así que podemos vernos más tarde.

Hubo un incómodo silencio y entonces el padre de Sally contestó con toda la cordialidad del mundo.

–Es muy amable por su parte, señor Delucca, así que, problema resuelto. Sally, cariño, el señor Delucca te llevará a comer. ¿No es todo un detalle de su parte?

Sally miró a su padre y después a Zac Delucca. En sus ojos había picardía, sarcasmo y algo más que no quería reconocer...

Diez minutos más tarde, Sally estaba sentada en la parte de atrás de la limusina, de camino a un restaurante al que no quería ir. Zac Delucca estaba a su lado.

–¿Está cómoda, Sally?

–Sí –dijo ella automáticamente.

«¿Cómo ha ocurrido todo esto?», se preguntó por enésima vez.

–El restaurante está a unos veinte minutos. Es uno de mis favoritos en Londres.

–Muy bien –murmuró ella, repasando la conversación que había tenido lugar en el despacho de su padre.

Absorta en sus propios pensamientos, veía la vida pasar a través de la ventanilla.

De repente, un suspiro escapó de sus labios.

–Eso es ha sido un buen suspiro –dijo él–. Ya veo que mi compañía le resulta muy aburrida –añadió con ironía.

–No, en absoluto, señor Delucca –dijo ella rápidamente, volviéndose hacia él.

–Entonces, por favor, llámame Zac –le dijo en un tono sutil–. No hace falta tanta formalidad, Sally –añadió, bajando la voz y rozándole el dorso de la mano con las yemas de los dedos.

Ella saltó como si acabara de quemarse con fuego.

–Pues yo creo que sí –le espetó.

Él se rió a carcajadas.

–Me alegro de que me encuentre divertida –dijo ella–. Y no me toque –añadió, apartándose un poco.

Zac guardó silencio y se acomodó en su asiento. Quizá había cometido un error. ¿Realmente disponía del tiempo necesario para ir detrás de ella?

Sally Paxton no era más que otra niña rica y mimada, enfadada con su padre por no haber podido salirse con la suya.

«Qué ironía…», pensó. Si las sospechas de Raffe eran ciertas, él mismo le estaba pagando los caprichos sin disfrutar de los beneficios de mantener a una mujer hermosa.

La observó un momento. Era increíblemente preciosa, tanto como para merecer un pequeño esfuerzo. Las manos, cruzadas sobre su regazo, la suave curva de sus pechos cremosos, y un rostro muy hermoso, pero triste…

–Divertida no, más bien… intrigante –le dijo–. Dime, ¿hay alguien en tu vida, Sally?

–No. ¿Y tú? ¿Estás casado? –le preguntó con brusquedad, mirándolo de reojo–. Porque yo nunca salgo con hombres casados.

–No estoy casado –dijo, esbozando una sonrisa de lobo–. Y tampoco quiero estarlo –le apartó un mechón de pelo de la cara y, agarrándola de la barbilla la hizo mirarle a los ojos–. Y en este momento no hay ninguna mujer en mi vida, así que no hay nada que nos impida estar juntos. Soy un amante muy generoso, en la cama y fuera de ella. Confía en mí. Te prometo que no te decepcionaré.

Sally se escandalizó ante semejante derroche de arrogancia. Hacía media hora que lo conocía y ya estaba intentando llevársela a la cama.

Otro igual que su padre…

–Oh, no sé, Zac –dijo en un susurro, pronunciando su nombre de forma deliberada–. Tengo casi veintiséis años y sí que quiero un marido… –le dijo en un falso tono de inocencia–. Pero no el de otra –añadió con dureza.

Él le soltó la barbilla de inmediato.

Ella sonrió, satisfecha.

–Creo que es bueno ser sincero y mostrar las intenciones, y eso sin duda se te da muy bien, Zac –le dijo en un tono de ironía mordaz–. Así que creo que yo debo hacer lo mismo. Me encantaría tener tres hijos cuando aún sea joven para disfrutar de ellos y, simplemente, no voy a perder el tiempo en una aventura estúpida –le soltó en un tono implacable.

La expresión del rostro de Zac se tornó cómica. Había pasado de pretendiente ardiente a macho agraviado en menos de un minuto.

–Te puedo asegurar que una aventura conmigo nunca ha sido una pérdida de tiempo para una mujer.

Sally lo miró fijamente, estupefacta.

–Eso dices tú –le dijo, encogiéndose de hombros–. Además, debes de tener unos… ¿Treinta y nueve? ¿Cuarenta? –le dijo en un tono provocador.

–Treinta y cinco.

Sally esbozó una sonrisa.

–Bueno, de todas formas, eres mayor. A lo mejor cambias de idea respecto al matrimonio. Seguro que serías un marido estupendo –dijo Sally, que ya empezaba a pasárselo bien.

Él se revolvió un poco en el asiento y, por primera vez, ella se volvió hacia él y le concedió toda su atención, mirándolo de arriba abajo con desparpajo, tal y como él había hecho un rato antes.

–Tienes todos los atributos necesarios para ser un marido fantástico –añadió–. Eres apuesto, estás en forma y estás podrido en dinero.

Zac la escuchó con una inquietud creciente. Era evidente que estaba buscando marido, un marido rico. Sin duda era igual que todas las su clase y lo único que la salvaba un poco era que había puesto todas sus cartas sobre la mesa desde el primer momento.

Por suerte el coche ya estaba aminorando la marcha y en breves momentos llegarían al restaurante. Sería una comida rápida y después, «adiós»…

Capítulo 3

UN rato más tarde, el vehículo de lujo se detuvo frente a las puertas del restaurante y Zac la ayudó a bajar.

–Bueno, ahora que los dos sabemos el terreno que estamos pisando, podemos llegar a conocernos mejor durante el almuerzo –le dijo en un tono serio.

Ella lo miró fugazmente y entró en el restaurante.

No tenía ninguna intención de llegar a conocer mejor a un individuo como él y, si algo tenían en común, era que ninguno de los dos tenía ganas de perder el tiempo.

Él le apartó la silla y ella tomó asiento. La mayoría de la gente ya se estaba marchando del restaurante.

Miró su elegante reloj de oro.

Más de las dos de la tarde.

De repente, se sintió muy cansada. Llevaba toda la semana preparando la última exposición del British Museum de Londres, lugar donde trabajaba como investigadora de arte, y esa mañana había sido especialmente ajetreada; ruedas de prensa, recepción de altos mandatarios y personalidades del mundo de la cultura, discursos… Por suerte su jefe estaba al tanto de la delicada situación de su madre y no había tenido inconveniente en darle la tarde libre.

Los dos años de visitas continuas a la residencia donde estaba su madre ya empezaban a pasarle factura. Fines de semanas, vacaciones… Siempre que podía iba a verla, pero el cansancio empezaba a hacer mella en ella.

«Y lo último que necesito es tener que lidiar con las insinuaciones de un mujeriego…», pensó.

–¿Señorita?

Levantó la vista.

–Lo siento –murmuró al ver al camarero. Agarró la carta.

–¿Quieres que pida por ti?

Sally levantó la vista hacia su acompañante y volvió a bajarla de inmediato, sin decir ni media palabra.

Allí estaba él, todo arrogante y prepotente…

Estaba a punto de rechazar el ofrecimiento, pero entonces se dio cuenta de que así terminarían antes.

–Muy bien –dijo finalmente, y le devolvió la carta al camarero.

–Aquí la carne es muy buena, y también te recomiendo la lubina, pero todo lo que tienen es excelente.

–Prefiero el pescado.

–Bien –dijo Zac con sarcasmo y entonces pidió.

Ella había vuelto a cerrarse por completo y su rostro era una máscara de indiferencia.

–Y una botella del mejor Vega Sicilia –añadió, mirándola con atención para ver si la hacía reaccionar.

–Muy bien –dijo ella sin siquiera mirarlo a los ojos.

Al llegar la había visto mirar el reloj con impaciencia y en ese momento no hacía más que ignorarle por completo, jugueteando con un tenedor con la cabeza baja.

Pero a él nadie le ignoraba, y menos una mujer cuyo padre había defraudado millones en una de sus empresas, por muy hermosa que fuera.

–Dime, Sally, ¿qué haces cuando no te empeñas en que tu padre te lleve a almorzar? ¿Te pasas el día de compras, o en el salón de belleza? No es que lo necesites… –le agarró la mano, le dio la vuelta y le examinó el dorso sin mucha educación–. ¿Estas manos suaves realizan algún tipo de trabajo o te mantiene tu padre?

Sally levantó la cabeza y se soltó con brusquedad. Un líquido hirviente corría por sus venas.

–Sí que voy a de compras, como todo el mundo, ¿no? –le dijo en un tono de indiferencia–. Y a veces voy a la peluquería. El resto del tiempo lo paso leyendo.

En ese momento, llegó la comida y el vino y Sally sintió un gran alivio.

No tenía ganas de seguir lidiando con Zac Delucca. Era demasiado inteligente como para engañarlo durante mucho tiempo.

Él le llenó la copa de vino y entonces le ofreció un trozo de filete, trinchándolo con su propio tenedor.

Sorprendida ante un gesto tan íntimo, Sally no pudo sino aceptarlo.

—¿Cuál es tu película favorita? —le preguntó él un rato después.

—*Casablanca*.

—Eres una romántica incorregible. Si yo hubiera estado en el lugar de Humphrey Bogart, me habría llevado a la chica.

Sally sonrió. Aquello no era ninguna sorpresa.

—¿Y cuál es el tuyo?

—*El cabo del miedo* —dijo él.

A Sally le pareció raro y sus dudas no se aclararon hasta que empezaron a hablar de libros.

Ella le dijo que lo que más le gustaba era leer libros de Historia y biografías, y así descubrió que él pasaba la mayor parte del tiempo leyendo revistas e informes financieros. No obstante, también disfrutaba de alguna buena novela de suspense de vez en cuando, así que entendió su elección de película.

Al terminar de comer, Sally dejó los cubiertos a un lado y entonces se dio cuenta de que había dejado limpio el plato sin darse cuenta. La comida había resultado ser mucho más amena de lo que había esperado y el tiempo había pasado rápidamente. Zac era buen conversador y parecía tener facilidad para hacerla reír, lo cual era todo un mérito dado su estado de ánimo.

La joven miró a su alrededor nuevamente. Se trataba de un restaurante de primera categoría y la clientela era muy distinguida. Sólo quedaban unos pocos comensales, pero entre ellos había un conocido presentador de televisión y también un humorista.

–¡Salmacis! ¡No me lo puedo creer! –exclamó una voz de repente.

Sally abrió los ojos y se puso en pie de un salto. Un joven alto y pelirrojo iba hacia ella con rapidez.

–¡Algernon! –dijo ella, riendo.

El hombre la alzó en el aire con un abrazo y entonces le dio un fugaz beso en los labios.

–Deja que te vea. Dios mío, estás más guapa que nunca, Sally. ¿Cuánto hace que no nos vemos? ¿Dos, tres años?

–Algo así. ¿Pero qué estás haciendo aquí? –le preguntó ella–. Pensaba que todavía estabas buscando mariposas en el Amazonas. Te imaginaba devorado por insectos carnívoros.

–Sí, bueno, no tanto, pero tampoco andas muy desencaminada. Ya me conoces. Nunca he podido soportar el calor.

–No me extraña –dijo ella, arqueando una ceja–. Ya te lo advertí, Al.

Su amigo tenía una piel mucho más clara que ella, casi transparente.

Se conocían desde el colegio. Dos pelirrojos con nombres raros… Habían congeniado desde el principio y juntos les habían hecho frente a los matones gordinflones que acechaban en primaria.

Al era la única persona que se atrevía a llamarla por su verdadero nombre de pila. Desde el primer año de primaria ella le había prohibido a todo el mundo que la llamaran Salmacis, incluso a sus padres. Prefería que la llamaran Sally.

En la adolescencia habían soñado con tomarse un año sabático durante la universidad para viajar por todo el mundo, empezando por Sudamérica. Al quería buscar mariposas y Sally siempre había soñado con visitar el Machu Picchu.

Pero entonces su madre había enfermado de cáncer y el sueño de Sally se había acabado antes de empezar. Sin embargo, aún albergaba la esperanza de llegar a conocer aquel paraje maravilloso algún día.

—Bueno, ¿qué es de tu vida? —le preguntó, encantada de volver a verlo.

—Trabajo en la empresa de la familia con mi padre. Acabamos de almorzar y estábamos a punto de irnos cuando te vi. ¿Qué me dices de ti? ¿Todavía sigues estudiando a los Clásicos? —le preguntó con una sonrisa.

—Sí —dijo ella, devolviéndosela con entusiasmo.

—Tengo que irme, pero dame tu número. Te llamé al viejo, pero no hubo suerte —se sacó el móvil del bolsillo e introdujo el número de Sally.

Zac Delucca había visto y oído bastante, y lo del número de teléfono era la gota que colmaba el vaso.

—Sally, cariño —se puso en pie y se paró a su lado—. Tienes que presentarme a tu amigo —le dijo, atravesando al joven con su mirada de acero.

Recordando de pronto con quién estaba, la joven lo presentó rápidamente y el pobre Al, tan cordial como siempre, aguantó con paciencia un feroz apretón de manos.

«¿Y qué es eso de llamarme «cariño»?», se preguntó Sally, escandalizada.

–Encantado de conocerle, señor Delucca –dijo Al, tan cortés como de costumbre–. Es una pena que nuestro encuentro tenga que ser tan breve –miró a Sally con una disculpa en los ojos–. Lo siento, no puedo quedarme, Sally. Ya conoces a papá. Me está esperando fuera, deseando volver al trabajo. Pero te llamaré la semana que viene. Podemos cenar y recuperar el tiempo perdido. ¿Qué me dices?

Sally le sonrió con cariño.

–Muy bien. Me parece perfecto –dijo y le vio marchar a toda prisa.

Justo cuando volvía a sentarse a la mesa, llegaba el camarero con el café.

Cuántos recuerdos de tiempos mejores…

La mente de Sally viajó al pasado en un abrir y cerrar de ojos. Al era su mejor amigo y siempre la había defendido cuando lo necesitaba. Solían ir juntos a todas las fiestas de cumpleaños y pasaban largas tardes de verano en la piscina de su casa de Sandbanks, una magnífica mansión Art déco de los años treinta, situada junto a Poole Harbour.

Él había sido el primer chico que la había besado, pero las cosas no habían llegado mucho más lejos y finalmente se habían dado cuenta de que eran como hermanos.

Sin embargo, al terminar el instituto se fueron distanciando poco a poco. Ella se fue a la universidad de Exeter y Al se marchó a Oxford a estudiar Botánica, muy en contra de los deseos de su padre.

Desde entonces habían logrado mantener el contacto y a veces se veían en vacaciones, pero después del accidente de su madre, las cosas fueron a peor.

Alguna vez hablaban por teléfono, pero ya apenas quedaban como antes, a no ser por un encuentro casual, como había ocurrido ese día.

—Muy conmovedor —dijo una voz burlona, sacándola de sus pensamientos—. Al es un viejo amigo, ¿no? ¿O debería decir amante?

Sally miró a Zac de reojo y notó la rabia latente que bullía en sus pupilas.

—Piensa lo que quieras. No es asunto tuyo.

—Sí que lo es. Cuando invito a comer a una mujer, espero que se comporte como tal. No espero que se arroje a los brazos de un hombre sin el menor decoro. La verdad es que lo del «Sal, mi cielo» me ha sorprendido bastante.

Sally se quedó sorprendida durante un instante y entonces se echó a reír. Durante el colegio le habían puesto toda clase de motes; «salami, salchicha»…Todavía era capaz de recordarlos casi todos. Sin embargo, lo que el había entendido ya era demasiado.

«Sal mi cielo…», pensó, riéndose a carcajadas.

—Me alegro de que te parezca divertido, pero a mí no me lo ha parecido en absoluto —dijo él, poniéndose cada vez más tenso.

Sally decidió no hacerle sufrir más.

—Te has equivocado. Al no me llamó «Sal mi cielo» —le dijo—. Mi nombre de pila es Salmacis —le dio la pronunciación correcta, sílaba a sílaba—. Sal-ma-cis.

Los negros ojos de Zac se llenaron de confusión y curiosidad. No sabía si creerla o no.

Conocía varias lenguas distintas, pero jamás había oído ese nombre.

—Salmacis —dijo, probando el sabor de aquel nombre exótico—. ¿De dónde viene?

—Es griego. Cuando mi madre estaba embarazada de mí pasó los últimos cuatro meses en cama, y leyó muchos libros de Mitología.

Y entonces le contó la leyenda.

—Por lo visto, Salmacis era una ninfa que vivía en una fuente del Halicarnaso, en Asia Menor. Se enamoró del joven Hermafrodito y, antes de que me lo preguntes, no, no soy hermafrodita. Bueno, creo que ése es el origen del nombre.

—No había oído hablar de él —dijo Zac, riendo—. ¿Y cómo se le ocurrió a tu madre ponerte un nombre tan peculiar? Tienes que admitir que es muy inusual.

Durante un instante, Sally no supo qué decir. Su corazón latía sin control y no era capaz de sostener aquella mirada aguda.

De repente, el rostro de Zac Delucca se había transformado gracias a una sonrisa radiante que le hacía más joven.

La joven no pudo evitar sonreír.

—Creo que fue la última fábula que leyó antes de salir de cuentas y, desafortunadamente para mí, se le quedó en la cabeza.

—No, no es desafortunado. Eres demasiado exótica… No, no es ésa la palabra —Zac sacudió la cabeza y buscó el equivalente en inglés de lo que quería decir—. Tu belleza es única. No… Demasiado mística para «Sally» —dijo con convencimiento—. Salmacis te queda mucho mejor.

Ella lo miró con ojos risueños y escépticos.

–Pero yo prefiero Sally. De hecho, insisto en que me llamen así. Así que quedas advertido. Si me llamas Salmacis, te ignoraré por completo.

–Muy bien… Sally. Pero me sorprende que tu madre pudiera convencer a tu padre para llamarte así. Los contables no se caracterizan por dejar volar la imaginación.

La luz que brillaba en la mirada de Sally se apagó bruscamente.

–No tuvo que hacerlo. Mi padre se casó con ella porque la dejó embarazada. Ella tenía dieciocho años y él treinta y cinco. Por lo visto se molestó tanto cuando el médico le dijo que ella no podría tener más hijos, que el nombre que iban a ponerme le dio igual.

Sorprendido ante una revelación tan íntima, Zac se dio cuenta de que ella le guardaba un profundo rencor a su padre.

–Creo que deberíamos irnos –dijo ella de pronto–. Somos los únicos clientes que quedan en el restaurante.

Zac miró a su alrededor y se dio cuenta de que tenía razón. No se había dado cuenta de que estaban solos hasta ese momento.

–Termínate el café y nos vamos –le dijo, haciéndole señas al camarero.

Le entregó una tarjeta de crédito y un fajo de billetes para la propina, se acabó la taza de café y se puso en pie.

Era evidente que el dinero no era suficiente para la encantadora Salmacis. Ella era de las que querían acaparar toda la atención de los hombres de su vida.

Sin embargo, las mujeres absorbentes y exigentes no eran para él; razón de más para no volver a verla.

Dejó que el conductor la ayudara a subir a la limusina y rodeó el vehículo para entrar por el otro lado. Ella ejercía un efecto mágico sobre él, pero su instinto masculino le decía que no debía relacionarse con una chica así, por su propio bien.

–¿Dónde quieres que te deje? –le preguntó, una vez sentado a su lado–. ¿En Bond Street? ¿Harrods? –sugirió, con un toque de cinismo.

–Harrods está bien.

Zac sonrió con satisfacción.

Un arrebato de compras era todo lo que una mujer necesitaba para recuperar la alegría.

Pero entonces ella levantó la vista y ya no pudo resistirse. Le rodeó la cintura con el brazo, enredó la otra mano en sus rizos de fuego y la hizo levantar la barbilla.

–¿Qué estás haciendo? –preguntó ella.

–Oh, creo que lo sabes –susurró él, cubriendo sus labios con un beso apasionado.

Capítulo 4

SALLY se sobresaltó al sentir su mano alrededor de la cintura y trató de rehuirle. En aquel rostro oscuro y hermoso había una intención inconfundible. Iba a besarla.

El pulso se le aceleraba a medida que él se acercaba, derrochando poder y virilidad.

Durante un instante, se sintió tentada de dejarse llevar por lo que él le ofrecía, pero bien sabía que hacerlo iba a ser un gran error. No tenía tiempo para tener una aventura con Zac Delucca, o con ningún otro hombre, aunque hubiera querido. Levantó las manos para empujarle, pero ya era demasiado tarde...

La cálida boca de Zac conquistó la suya con una sensualidad que la confundía y la cautivaba al mismo tiempo. Cerró los ojos y entreabrió los labios casi de forma involuntaria, dejándole entrar con la lengua. Aquellos labios expertos en el arte de la seducción obraban maravillas y la embriagaban hasta el punto de hacerla olvidar sus reparos y desarmarla por completo.

Ella nunca había experimentado nada así. Mareada ante tanta sensualidad y excitación, se entregó a aquel beso y le devolvió toda la pasión que él le daba con avidez.

Pequeños gemidos de arrepentimiento escapaban de sus labios, pero éstos no tardaron en convertirse en suspiros de placer al sentir los labios de él a lo largo del cuello y más abajo...

De repente, sintió una mano por debajo de la blusa; unos dedos largos y firmes se deslizaban por debajo del suave encaje de su sujetador hasta abarcar uno de sus pechos.

El dedo pulgar jugueteando con el pezón...

Y entonces volvió a besarla y Sally quedó atrapada en el embrujo de su sabor, sus caricias; hundiéndose más y más en aquel mar erótico de besos que jamás había conocido.

Con la otra mano, Zac comenzó a acariciarle el muslo más y más arriba...

Sally se estremeció. Estaba ardiendo por dentro y una sed desconocida la consumía por dentro.

De repente, él se apartó bruscamente.

—¿Qué sucede? —preguntó ella, desconcertada.

—Ya hemos llegado a tu destino. Harrods.

Aquella voz seria e impasible atravesó de un golpe la neblina de placer que la obnubilaba.

La joven bajó la vista y, avergonzada, se arregló la parte superior del vestido. El silencio se hizo largo y pesado y ella hizo todo lo posible por no volver a encontrarse con su mirada, pero, finalmente, no tuvo más remedio que buscar sus ojos. Él la observaba con un atisbo de sonrisa en los labios.

—Podemos seguir después. Cena conmigo esta noche.

—No —dijo ella abruptamente y se alisó la falda, que se le había subido hasta los muslos.

–Entonces mañana por la noche – insistió él.

–Lo siento, pero no. Me marcho el fin de semana.

–Pues cancélalo y pasa el fin de semana conmigo –le dijo con arrogancia.

Ella lo miró con perplejidad.

–Ésa es una sugerencia inaceptable y, desde luego, no la consideraría ni por un instante –le espetó–. Y se lo prometí a mi madre.

–La lealtad hacia tu madre es un rasgo que te honra. Podemos cenar el lunes por la noche.

Por suerte en ese momento el conductor abrió la puerta de la limusina y la ayudó a salir. Al incorporarse se detuvo un instante y volvió la vista hacia Zac. Sus buenas maneras siempre prevalecían.

–Gracias por la comida, señor Delucca, y por traerme de vuelta –dijo en un tono formal–. Adiós –dijo y se marchó a toda prisa.

Zac la observó mientras se alejaba por la acera. En vez de entrar en la tienda, siguió calle abajo.

–Siga –le dijo al conductor, sonriendo para sí mismo.

No iba a creerse esa historia de que iba a pasar el fin de semana con su madre.

Irse de fiesta. Eso le quedaba mucho mejor, sobre todo por las oscuras ojeras que asomaban debajo de sus increíbles ojos azules.

Definitivamente no era su tipo en absoluto.

Y sin embargo…

Regresó al despacho de Paxton y miró a Raffe. Éste sacudió la cabeza lentamente.

Paxton todavía no sabía que iban a por él.

Muy bien.

–Su hija y yo hemos tenido un almuerzo muy agradable, señor Paxton. Ella me pidió que la dejara en Harrods, pero me fijé en que no entró en la tienda.

–Ya sabe cómo son las jóvenes de hoy en día, siempre están cambiando de opinión –dijo Nigel Paxton con una sonrisa forzada–. Yo le compré un estudio en Kensington y no está muy lejos de Harrods. Seguramente decidió volver a casa a pie.

Zac conocía Londres como la palma de su mano y sabía que un piso en el barrio de Kensington no podía salir barato.

Una chica afortunada. Un padre cada vez más culpable…

Sally entró en el aparcamiento de la residencia de adultos, paró el motor y levantó la vista hacia el enorme edificio.

La piedra clara estaba cubierta de una enredadera de un intenso color rojo que refulgía a la luz del sol. Estaban a mediados de junio y hacía un día glorioso, pero una nube negra nublaba su corazón. Durante un instante, cruzó los brazos por encima del volante y dejó caer la cabeza. Tenía que hacer acopio de fuerzas para esbozar una sonrisa ante su madre, pero era duro, muy duro… Sobre todo después de conocer el último diagnóstico del médico.

Tal y como había imaginado, su padre no la llamó la noche anterior y no logró ponerse en contacto con él hasta esa misma mañana. Delucca seguía en la empresa y no podía escaparse el fin de semana. Sin embargo, por una vez la excusa era auténtica.

Levantó la vista, respiró hondo y se secó la lágrima que se deslizaba por su mejilla. Por lo menos ese día no tendría que mentirle a su madre respecto a su padre.

Cinco minutos más tarde, forzando una sonrisa, entró en la habitación de su madre con un saludo entusiasta.

Desde su silla de ruedas, la señora Paxton la recibió con una sonrisa expectante. Su rostro, aunque hermoso todavía, mostraba los estragos de dolor. Su cabello ya no era del rojo más intenso. Después de la quimioterapia se había vuelto marrón claro y poco tiempo después había empezado a encanecer.

Sin embargo, su madre jamás se había rendido y, allí estaba, con su maquillaje y sus labios pintados.

Sally fue hacia ella.

Seguramente se había arreglado porque esperaba ver a su marido, pero, una vez más, iba a llevare una decepción.

La joven se tragó el nudo que tenía en la garganta y le dio un suave beso en la mejilla.

La enfermera le había puesto el vestido de verano que ella le había comprado en Londres la semana anterior. Siempre que iba a visitarla procuraba llevarle algún regalo; algo de ropa, una caja de bombones… Esa semana le había llevado un libro de Mitología que había encontrado en una tienda de segunda mano. Se trataba de un ejemplar muy antiguo; todo un hallazgo que databa de 1850 y decorado con magníficas ilustraciones.

—Muchas gracias, hija mía. Tú siempre me tienes presente —le dijo su madre con una sonrisa feliz—. ¿Y tu padre?

Sally sintió una punzada en el corazón al ver cómo cambiaba la expresión de su madre.

—No puede venir, mamá. Tenía unos compromisos ineludibles en la empresa.

Trató de arreglarlo un poco explicándole que se trataba del nuevo dueño de la empresa y también le contó que había tenido ocasión de conocerlo personalmente en el despacho de su padre.

La señora Paxton pareció quedarse algo más tranquila y algo más tarde Sally sugirió un paseo por el jardín, así que pasaron una hora recorriendo los agradables rincones de la finca de la residencia.

Sally suspiró al entrar por fin en casa después de un largo lunes de trabajo. Había pasado todo el fin de semana con su madre y, después del ajetreo de los últimos días, estaba agotada.

Cerró la puerta tras de sí y se apoyó contra ella. El día se había vuelto muy caluroso y, además de cansada, se sentía pegajosa y molesta.

Miró a su alrededor.

¡Cuánto odiaba aquel estudio!

Su padre había vivido en él durante años debido a que su trabajo le obligaba a vivir en Londres y, después del accidente de su madre, había accedido a dárselo a su hija a cambio de que se vendiera la casa familiar de Bournemouth. Él se había comprado un piso de tres dormitorios en Notting Hill y había ingresado a su esposa en la residencia.

Sally jamás habría aceptado, pero su madre, tan inocente y buena como siempre, pensaba que se trataba de un regalo desinteresado y, con tal de no herirla, terminó cediendo ante su padre.

Sin embargo, todas sus amantes habían pasado por allí y eso era algo que no la dejaba dormir tranquila. Nada más mudarse al piso, había tenido que soportar las incesantes llamadas de todas aquellas descaradas y al final no había tenido más remedio que cambiar el número.

Dejó el bolso en el sofá y se dirigió a la cocina. Una taza de café, un sándwich, una buena ducha… y a la cama.

Tras comprobar el nivel del agua de la cafetera, la puso en marcha, sacó un bote de café soluble y, justo en ese instante, oyó sonar el teléfono.

Un vuelco en el corazón.

Podía ser de la residencia de su madre.

Rápidamente fue a contestar.

—¿Hola? Soy Sally. ¿Qué ocurre? —preguntó, asustada.

—No pasa nada —dijo una voz profunda con una risotada—. Soy Zac.

Sally casi tiró el teléfono al suelo.

—¿Cómo has conseguido el número?

—Muy fácil. Tu padre me dijo que vivías en Kensington. No fui tan atrevido como para pedirle el número, pero apareces en la guía.

—¿Has revisado toda la lista de los Paxton? Debes de haber hecho cientos de llamadas antes de encontrarme.

–No. Resulta que sólo hay unos pocos, y el tuyo fue el primero que probé. Es que tengo mucha suerte, Sally.

Ella guardó silencio. ¿Cómo se podía ser tan pretencioso?

–Bueno, sobre lo de esta noche –dijo–. He reservado mesa para las ocho –mencionó un conocido restaurante de Mayfair.

–Espera un momento –dijo Sally, enojándose por momentos–. Nunca he dicho que fuera a cenar contigo, así que, gracias, pero no. Tengo que lavarme el pelo –le espetó en un tono mordaz y colgó el teléfono.

Con el corazón desbocado, trató de respirar hondo varias veces para controlar la rabia.

El agua ya estaba hirviendo, así que se sirvió una taza de café. Las manos no paraban de temblarle.

¿Qué le estaba ocurriendo?

Cansancio, puro cansancio. Ésa era la respuesta. Debía de tener las defensas bajas y los nervios a flor de piel.

Un rato más tarde, recién duchada y envuelta en un aterciopelado albornoz, salía del baño hacia el salón cuando el teléfono volvió a sonar.

«Dios mío, no será Delucca de nuevo…», pensó para sí.

Se desvió hacia la cocina y respondió en un tono seco y prudente.

–¿Sí?

–¡Sally! ¿Qué bicho te ha picado? –preguntó una voz muy familiar.

–¡Al! –exclamó ella, echándose a reír–. Pensaba que era otra persona.

–No será el tipo con el que te vi almorzando.

–Has dado en el clavo.

–Sally, ten cuidado. Le comenté a mi padre que lo había conocido. Según lo que me dijo no es una buena idea mezclarse con ese tipo. Por lo visto, es un hombre muy poderoso. Muy pocos lo admiran; la mayoría le teme. Le conocen como el tiburón de los negocios. Es un hombre brillante y peligrosamente astuto. Delucca Holdings es una de las pocas empresas que apenas se ha visto afectada por la recesión, sobre todo gracias a su implacable dueño, que cierra empresas a diestro y siniestro para vender sus activos. Ese hombre tiene muy buen ojo para las finanzas y siempre sabe qué empresas van a salirle rentables. Es dueño de varias explotaciones mineras en Sudamérica y en Australia, tiene un par de petroleras, muchísimos terrenos y Dios sabe qué más. Tal y como me dijo mi padre, todo su patrimonio se compone de activos reales, nada de acciones u otros valores efímeros. Y en cuanto a su vida privada, no se sabe mucho de él excepto que ha salido con unas cuantas supermodelos.

–Ya lo sé. Y no te preocupes. Le dije que no iba a cenar con él. Lo de la comida fue algo inesperado que no se volverá a repetir.

–Me alegro. ¿Entonces cenas conmigo mañana? He reservado mesa para las nueve en un sitio de moda, pero la chica a la que iba a invitar no puede venir.

–¡Vaya! A mí nunca me ha gustado ser plato de segunda mesa –le dijo Sally en un falso tono de enfado y entonces se echó a reír–. De acuerdo.

Charlaron durante un rato más y, después de colgar, Sally se puso a ver la televisión.

Una hora más tarde, somnolienta y agotada, estaba terminando de ver su serie de suspense favorita cuando llamaron a la puerta.

El edificio tenía conserje y el intercomunicador no había sonado en ningún momento, así que tenía que ser la señora Telford, que vivía al otro lado del pasillo. La anciana solterona era muy despistada y solía olvidar las llaves con frecuencia, así que Sally le guardaba un juego de repuesto para esas ocasiones.

La joven se levantó, estiró las extremidades y, tras apagar la televisión, fue hacia la puerta sin ninguna prisa.

–¿Ha vuelto a olvidar las llaves, seño…? ¡Tú! –exclamó, estupefacta.

No era la señora Telford, sino Zac Delucca.

En una mano tenía una especie de nevera y con la otra sostenía un ramo de rosas.

–Una mujer sincera… Era verdad que ibas a lavarte el pelo –le dijo, mirando su cabello húmedo de la ducha–. Pero, con el pelo lavado o no, imaginé que tendrías que cenar algo. Son para ti –le dio las flores y entró en el apartamento sin invitación alguna.

Perpleja, Sally no fue capaz de reaccionar a tiempo. Agarró las flores y las miró con los ojos como platos.

–Una casa muy agradable –le dijo, poniendo la nevera sobre una mesa y dándose la vuelta hacia ella.

Todavía sin palabras, ella lo miró de arriba abajo.

En lugar del impresionante traje de firma con el que lo había conocido, en esa ocasión llevaba una camisa blanca de algodón y unos vaqueros que acentuaban la firmeza de sus poderosas caderas, moldeando sus atléticos muslos y sus piernas largas.

Los botones del cuello estaban desabrochados...

De pronto, una ráfaga de aire inesperada cerró la puerta de entrada con gran estruendo.

Sally se sobresaltó.

—El conserje no me ha avisado, así que, ¿cómo demonios has entrado? —le preguntó, clavándole la mirada.

Él sonreía de oreja a oreja con desenfado.

—Le dije que eras mi amante y que hoy cumplíamos un mes, y también le dije que quería sorprenderte con champán y rosas y con una cena íntima. Tu conserje es un romántico empedernido, así que no pudo negarse. Además, la propina fue de gran ayuda —añadió con cinismo.

Sally sacudió la cabeza y levantó las cejas.

Nadie rechazaba a Zac Delucca, pero ella iba a ser la excepción.

—Entonces me temo que va a perder su trabajo, porque yo no te he invitado a entrar. Quiero que te vayas ahora mismo. O te vas o te echo fuera... —lo atravesó con la mirada.

La llama del deseo más primario ardía con virulencia en el fondo de aquellas oscuras pupilas...

Capítulo 5

El la miraba como si la desnudara con la vista y la tensión espesaba el aire por momentos. A Sally le costaba mucho respirar y una ola de calor ardiente la recorría por dentro. Zac Delucca llenaba aquel pequeño estudio con su sola presencia y, por mucho que intentara resistirse, ella se sentía cada vez más atraída por aquel magnetismo especial.

Sus ojos oscuros se detuvieron un instante en las solapas entreabiertas del albornoz que llevaba puesto, y ella se apretó el cinturón de forma instintiva, recordando que estaba desnuda por debajo.

–Sé que no le harías perder su trabajo –le dijo de repente.

Ella le observaba con las mejillas rojas.

–Sé que nunca actuarías así, Sally –añadió con convencimiento–. Y en cuanto a echarme de la casa, no creo que puedas, pero puedes intentarlo, si quieres –fue hacia ella, abriendo los brazos–. Sería algo digno de verse –le dijo, sonriendo–. Inténtalo, a ver si puedes.

Sally sabía que se estaba riendo de ella descaradamente.

–Muy gracioso –le dijo y apartó la vista, sabiendo que no había mucho que hacer.

Sin embargo, al echarse a un lado, le rozó el antebrazo con el ramo de flores, que aún tenía alguna espinita…

–¡Eso me ha dolido! –exclamó él.

Sally se rió suavemente y escapó rumbo a la cocina para poner las flores en agua.

Sacó un jarrón de un armario, lo llenó de agua y puso las rosas dentro. Eran preciosas.

De repente se sintió un poco culpable por haberle pinchado con ellas.

–¿Entonces hay tregua? –preguntó él, entrando por detrás de ella.

La joven se dio la vuelta de golpe. Estaba demasiado cerca, demasiado…

–Ya me has dejado sin una gota de sangre –le dijo, enseñándole el brazo.

Sally bajó la vista y contempló la pequeña herida con horror.

–Lo siento. Deja que te ponga una venda… –le dijo al ver el hilo de sangre que le corría por el brazo.

–No es necesario. Pero lo menos que puedes hacer para compensarme es cenar conmigo.

Ella levantó la vista y lo miró con escepticismo. No confiaba en él, y mucho menos en sí misma.

–Sólo quiero cenar.

–Muy bien –dijo ella finalmente.

–De acuerdo –dijo él, sacando un par de vasos del armario que ella había dejado abierto–. Yo me ocupo del vino y tú de los cubiertos. Ya tenemos todo lo demás.

–Muy bien. ¿Quieres comer aquí? –preguntó

ella, mirando la mesa plegable y las dos banquetas de la cocina–. Es un poco pequeño. Tiene que ser aquí o en el salón.

–Entonces en el salón –dijo él, dando media vuelta.

Por fin sola, aunque solo fuera por un instante, Sally abrió un cajón, sacó unos cubiertos y se preguntó una y otra vez en qué se había metido.

El recuerdo de aquel beso ardiente que habían compartido no la dejaba tranquila y no podía negar que él la perturbaba de la manera más primitiva.

Sin embargo, ¿qué había de malo en cenar con él?

Una hora más tarde, después de degustar un delicioso tiramisú para el postre, Sally se convenció de que no había peligro.

En realidad, la velada había sido muy agradable y entretenida gracias a las divertidas anécdotas de Zac. Además, la comida era exquisita. Al llegar al salón con los platos y los cubiertos, se había encontrado con una deliciosa cena compuesta de diversos manjares: pasta, pan recién hecho y crujiente, ternera a la Milanesa, una suculenta ensalada, y también el postre.

–Una cena estupenda –dijo la joven al terminar, mirándolo de reojo.

Él estaba sentado en el sofá junto a ella, con las piernas estiradas y una copa de vino en la mano.

–Un sándwich de queso y una manzana no pueden ser sustitutos para una buena cena –añadió, bebiéndose de un trago el vino que quedaba en su copa.

En ese momento, le sobrevino un bostezo.

Demasiado vino y poco descanso.

—Gracias –murmuró, tapándose la boca.

—Ha sido un placer –dijo él, volviéndose hacia ella y esbozando una sonrisa.

Sus miradas se encontraron y ella sonrió con cansancio, sintiéndose a gusto con su presencia.

De repente él reparó en sus pechos, escondidos tras el suave tejido del albornoz, y entonces ella apartó la vista, ruborizada.

—Creo que deberías irte. Estoy muy cansada –le dijo, sintiendo cómo se le aceleraba el corazón.

—Bueno, dame las «gracias» como es debido y me iré –le dijo él en un susurro, dejando el vaso de vino sobre la mesa.

Un bostezo no era la típica reacción que él solía causar en las mujeres, pero ella parecía realmente exhausta. Las ojeras que tenía debajo de los ojos eran cada vez más oscuras.

—Con un beso será suficiente –añadió, rozando su cuello palpitante con las yemas de los dedos para después enredarlos en sus aterciopelados rizos.

—Muy bien, siempre y cuando seas consciente de que no habrá nada más, Zac –dijo ella, mirándole con firmeza y cautela.

—Por supuesto. No haría nada que tú no quisieras.

Ella se acercó lentamente, rozándole el muslo, y le dio un beso en la mejilla.

—¿A eso lo llamas «beso»?

Antes de que pudiera apartarse, la agarró de la nuca y la besó con toda la pasión que se desbordaba en su interior.

Ella se resistió un instante, pero no tardó en responder tal y como él esperaba, agarrándole de los hombros.

Y entonces él comenzó a besarla con más ardor, probando su sabor caliente y dejándose envolver por el aroma de su cuerpo. Deslizó una mano por dentro de la solapa del albornoz que ella llevaba puesto y la apretó contra su cuerpo. Ella se estremecía en sus brazos. Cuando por fin se apartó, ella gimió y aquellos fabulosos ojos azules le pidieron más con una simple mirada.

–Confía en mí, Sally –murmuró él–. Todavía puede ser mejor.

La hizo apoyarse sobre sus muslos y comenzó a acariciarle los pechos; jugueteando con los pezones.

–¿Te gusta? –le preguntó, contemplando su expresión de placer–. Déjame verte, Sally. Déjame ver cómo eres –le susurró, abriéndole el albornoz un poco más.

Ella no sabía qué hacer o decir. Las sensaciones que bullían en su interior le eran totalmente desconocidas y el hombre que tenía ante sus ojos era el responsable.

Aquellas palabras aterciopeladas vibraban dentro de su cuerpo y el deseo más primario humedecía cada centímetro de su piel. Jamás se había desnudado delante de un hombre, pero, de repente, era lo que más deseaba.

Más tarde podría echarle la culpa al vino y al

cansancio, pero jamás se había sentido tan viva y despierta en toda su vida.

—Sí... —susurró finalmente.

Él le desató el cinturón, le quitó el albornoz de los hombros y entonces empezó a acariciarla; primero el cuello, después los pechos, la curva de su cinturilla de avispa, las caderas, el vientre...

—Eres perfecta... Más hermosa de lo que jamás imaginé.

Halagada, Sally deslizó una mano por dentro de su camisa y palpó sus pectorales, duros y varoniles. Un corazón de hierro latía acelerado bajo las palmas de sus dedos; y ella era la culpable.

—Oh, sí... —murmuró él al sentirla y entonces cubrió uno de sus duros pezones con los labios, mordisqueándolo al tiempo que le palpaba la entrepierna, buscando los suaves rizos que guardaban el centro de su feminidad.

Un tsunami de sensaciones la sacudió de pies a cabeza, encendiendo un fuego que la hizo perder la cordura sin remedio. Agarrándole de la camisa, se la arrancó del pecho y deslizó las manos sobre su torso bronceado, deleitándose en la firmeza de su piel, y clavándole las uñas con desenfreno.

Zac emitió un sonido gutural y, tomándola en brazos, la llevó al dormitorio. Terminó de quitarle el albornoz y la tumbó en la cama.

Sally lo observaba con expectación, deseando contemplar su masculinidad en todo su esplendor.

Y entonces, por fin, él comenzó a desvestirse, descubriendo su magnífico cuerpo poco a poco.

Una tez dorada y aterciopelada, hombros anchos, un pecho fornido y musculoso, un vientre plano y… Ruborizada, Sally contuvo el aliento al ver su potente erección y, por un instante, se preguntó qué estaba haciendo.

Sin embargo, él no le dio tiempo para arrepentirse y, apoyando una mano a cada lado, se inclinó sobre ella sin tocarla.

Otro beso apasionado…

Y después empezó a masajearle los pechos con avidez, apretándole los pezones con la punta de los dedos.

–Oh…–exclamó Sally, arrollada por una ola de emociones.

–¿Te gusta? –le preguntó él, sonriendo.

Sin palabras, ella asintió con la cabeza y lo agarró del brazo. Él se tumbó a su lado y le apartó unos cuantos mechones de la cara.

La joven podía sentir su palpitante miembro erecto contra el muslo, pero, sorprendentemente, no tenía miedo. Aquel hombre maravilloso la deseaba.

–Dime qué más te gusta, Sally.

Él la acariciaba por todas partes y ella lo miraba con devoción.

–Me gustas tú –le dijo sin pensar.

Él la observó un momento con los ojos inflamados por la pasión. Deslizó una mano sobre su vientre plano hasta llegar a la entrepierna y buscó sus labios más íntimos, húmedos y calientes.

–Oh, sí… –susurró Sally, gimiendo y meneándose debajo de él.

–Esto es lo que quieres –susurró él contra su cuello.

La joven abrió los ojos. El espejo de la puerta del armario reflejaba dos cuerpos desnudos y entrelazados que se movían al compás de un baile erótico.

–No. ¡Oh, no! –gritó de repente y le empujó con todas sus fuerzas, apartándole con brusquedad.

–¿Qué? –preguntó él, desconcertado.

Ella se levantó de la cama a toda prisa, se puso el albornoz y regresó al salón. El corazón casi se le salía del pecho.

Tremendamente excitado y furioso, Zac contó hasta cien. Ninguna mujer lo había rechazado en la cama; ninguna excepto...

Ya ni siquiera podía pronunciar su nombre.

¿Pero cómo se había atrevido a hacerle algo así? Todavía sentía sus arañazos en la espalda.

Lo había llevado al límite y entonces había pisado el freno hasta el fondo.

Un arrebato de orgullo lo hizo apretar los puños y un torbellino de oscuras emociones se apoderó de él. Nadie jugaba con Zac Delucca sin recibir su merecido.

Se levantó de la cama, se vistió y volvió al salón.

Allí estaba ella, quieta y cabizbaja.

El ruido de unos pasos sobre la tarima de madera puso en alerta a Sally. Él se acercaba.

La joven se dio la vuelta lentamente y le hizo frente.

Se había vuelto a vestir, pero llevaba la camisa abierta; los botones habían sido arrancados.

Ella se sonrojó al recordar lo que había hecho.

–¿Tienes alguna explicación razonable? –le preguntó él en un tono cortante–. ¿O es que tienes por costumbre alentar a los hombres, decirles que los deseas, arrancarles la camisa, desnudarte y meterte en la cama con ellos para después salir corriendo de la habitación? –le dijo con mordacidad.

Ella levantó la cabeza y contempló su bello rostro impasible. Sus oscuros ojos la atravesaban de lado a lado con una mirada de acero.

Asustada, retrocedió unos pasos.

–No… –murmuró.

–Tienes motivos para estar asustada –dijo él, yendo hacia ella.

Le hizo levantar la barbilla con la punta del dedo.

–A muchas mujeres les gusta jugar, pero tú vas demasiado lejos. Tienes suerte de haber probado conmigo tu pequeño truco. Puede que el próximo hombre al que metas en tu cama no tenga tanto control y quizás termines recibiendo mucho más de lo que buscabas.

Sally sintió un escalofrío.

–No obstante, sé que me deseabas tanto como yo a ti. Incluso ahora estás temblando –le dijo y se acercó un poco más, quedando a un centímetro de sus labios–. A lo mejor no es tarde para cambiar de opinión –le dijo en un tono burlón.

–¡No… no! –gritó ella, apartándose.

–Muy bien. Me basta con una negativa. Sé captar el mensaje –dijo él, conteniendo la ira.

–Muy bien –dijo ella en un tono falsamente casual que le hizo enfurecer aún más.

Ella sabía que no estaba libre de culpa. Él tenía ciertos motivos para estar furioso, y quizá sí le debiera una disculpa. Además, estaba muy cansada y lo único que deseaba en ese momento era librarse de él y olvidarse de lo ocurrido.

Su madre solía decirle que la mejor manera de evitar una discusión era decir «lo siento», sin importar si era cierto o no.

«Es muy difícil discutir con alguien que se está disculpando…», pensó Sally, recordando las palabras de su madre.

–Siento haberme comportado así –le dijo, sosteniéndole la mirada a duras penas–. Y te pido disculpas por haber jugado contigo. Pero también es cierto que yo no te invité a mi casa. Te dije que estaba cansada y te pedí que te fueras, pero tú insististe mucho –hizo un gesto con las manos–. Nunca te detienes ante nada y pasas por encima de cualquiera que se te resista. Eres demasiado para mí, y quiero que te vayas, por favor.

–¿Es que te doy miedo, Sally?

–No –dijo ella rápidamente–. Es que eres demasiado, en todos los sentidos. Demasiado rico, demasiado arrogante y demasiado testarudo para irte cuando te lo pido. Y no me gustas. Además, aparte de todo, has comprado Westwold, y eso te convierte en un tiburón de los negocios; una profesión que me parece despreciable.

–Qué ironía, viniendo de ti –le dijo él con cinismo–. La niña de papá, que nunca ha tenido que mover un dedo en toda su vida. Ese negocio que tanto desprecias te ha mantenido durante mucho tiempo y ha pagado este apartamento que tu padre te regaló. A lo mejor debí venir con una cajita de joyería en lugar de una nevera portátil. Seguramente las cosas habrían sido muy distintas.

Sally montó en cólera al oír semejante insulto.

–Oh, sí, tienes razón. Qué tonta he sido –le dijo, desperdiciando su ironía con alguien como Zac Delucca.

Un tipo arrogante y prepotente como él no se merecía ni la más mínima explicación.

Ella fue hacia la mesa y agarró la nevera.

–Bueno, ahora que nos hemos sincerado, toma esto y sal de mi casa.

Zac la fulminó con la mirada un instante.

–Quédatela. Te vendrá bien para enfriarte un poco. Cuando estés en cama, ardiendo por dentro y pensando en lo que te has perdido, puedes meter la cabeza en ella y refrescarte un poquito.

–En tus sueños, pero, desde luego, no en los míos –le espetó ella, aguantando la rabia.

De repente, él estiró un brazo y la agarró de la nuca, atrayéndola hacia sí.

–¿Señorita Paxton, sabe que… –le dijo con una sonrisa de hielo– puedo demostrarle lo contrario?

La joven trató de soltarse, pero él la agarró con más fuerza.

–Ni te atrevas –le espetó ella, con chispas en los ojos.

Él arqueó una ceja.

—Un gran error, Sally —le dijo en un tono burlón—. ¿Tu madre nunca te enseñó que no debes desafiar a un hombre furioso? —le preguntó y la agarró de la cintura.

—Suéltame.

Él guardó silencio y le miró los labios.

—He dicho que me sueltes —repitió ella, asustada.

Él volvió a esbozar otra gélida sonrisa.

—Lo haré, pero antes te daré algo para que te acuerdes de mí —le dijo y entonces le dio un beso salvaje y violento.

—Tú… Tú… —le dijo ella cuando por fin la soltó. Las piernas le temblaban y apenas podía respirar.

Él le puso un dedo sobre los labios.

—Ahórratelo. Ahora me iré y no volveré nunca —la miró con desprecio—. Una pena… Podría haber estado bien, pero a mí no me gustan los juegos, y tú no eres más que una gatita mimada —se encogió de hombros y fue hacia la puerta.

Incapaz de decir nada, Sally le vio marchar y entonces se desplomó sobre el sofá, exhausta.

Zac Delucca era un ser deleznable que no se merecía ni uno solo de sus pensamientos. Los hombres como él estaban acostumbrados a la riqueza y al poder, y por tanto esperaban que las mujeres cayeran rendidas a sus pies.

Pero ella no era de esa clase de mujeres y jamás lo sería…

Capítulo 6

EL restaurante era exclusivo y muy caro; el local de moda de la ciudad. Sally miró a su acompañante y sonrió.

Al era justo lo que necesitaba en ese momento.

—Oh, Sally, esa chica me tiene loco. Es hija de uno de los clientes de mi padre y la conocí el pasado fin de semana en una fiesta que dio su padre en su mansión de Northumberland. Quedamos para salir este fin de semana y, ya ves, me dejó plantado. Mi corazón se ha roto en mil pedazos —dijo Al en un tono medio bromista.

—Bueno, si la chica vive en Northumberland, entonces no me extraña nada. Está en la otra punta de país y no todo el mundo tiene un jet privado como el de tu padre. Creo que deberías ir a verla si tanto te interesa.

—Claro, ¿por qué no se me ha ocurrido antes? —dijo Al, echándose a reír—. ¡Qué lista eres, Salmacis! Tus consejos siempre me vienen bien.

En ese momento, llegó el camarero con una botella del mejor Chardonnay.

—Bueno, un brindis por nosotros —dijo Sally con optimismo.

–Sí, por nosotros –dijo Al y chocó su copa con una sonrisa sincera.

Contenta y relajada, Sally escuchó con gusto las divertidas anécdotas de su amigo. Al había viajado a Sudamérica recientemente y venía repleto de historias dignas de la mejor entrega de Indiana Jones.

Después de degustar un excelente plato fuerte, Al la agarró de la mano con cariño y la miró con ojos serios.

–Bueno, ya basta de hablar de mí. Aparte del trabajo, no me has contado nada de tu vida. ¿Qué es lo que te pasa, Sally?

–A mí nada –dijo ella, suspirando–. Es mi madre. Sufrió un accidente y su estado es muy delicado. El diagnóstico no es muy alentador.

Sin saber qué decir, Al la miró con empatía y la besó en el dorso de la mano.

–Lo siento muchísimo, Sally. Debe de ser muy duro. Si puedo hacer algo por ti, cualquier cosa, sólo tienes que pedírmelo. Lo sabes, ¿verdad? Tienes mi número, así que llámame si necesitas algo.

Ella le miró con lágrimas en los ojos.

–Lo sé, Al. Y te lo agradezco –trató de sonreír–. A lo mejor sí necesito tu ayuda algún día.

Esa misma noche, Zac Delucca estaba disfrutando de una cena íntima en la zona VIP de un exclusivo restaurante, en compañía de la bellísima Margot, una abogada con la que salía de vez en cuando. Se habían conocido varios años antes du-

rante la compraventa de unos bloques de apartamentos en Londres y desde entonces compartían
cenas y cama de forma esporádica. Ella siempre
estaba dispuesta a complacerle y él siempre estaba
dispuesto a tener a una mujer hermosa a sus pies.

¿Cómo terminaría aquella velada? Ambos lo sa-
bían muy bien.

Zac agarró la copa de vino, le dio un sorbo,
miró a su alrededor y fue entonces cuando la vio.

Era Sally Paxton, enfundada en un provocativo
vestido rojo de seda que le quedaba como un guan-
te, realzando su estrecha cintura y sus voluptuosas
caderas.

Iba del brazo de Al, su supuesto amigo de toda
la vida.

Sin quitarle ojo de encima ni por un segundo, Zac
la vio sentarse en una mesa cercana a la entrada.

Margot hablaba y hablaba, pero él apenas la escuchaba. Solamente asentía de vez en cuando y
respondía con monosílabos, intentando mantener
la compostura.

Sally Paxton lo había rechazado y humillado de
la forma más imperdonable. Y sin embargo, allí estaba esa noche, sonriendo, riendo, coqueteando y
agarrando la mano de Al como si fuera su alma ge-
mela.

De repente ya no pudo aguantar más. Le hizo
señas al camarero, pidió la cuenta, pagó y se puso
en pie.

–¿Tienes prisa? No hemos tomado el postre, ni
tampoco el café.

Zac casi había olvidado a su acompañante.

Ella lo miraba con una sonrisa desconcertada.

–Pero podemos tomar el café en mi casa –añadió, levantándose y agarrándole del brazo.

Él esbozó una sonrisa fugaz y guardó silencio.

Margot estaba a punto de llevarse una decepción.

Sally levantó la vista al ver acercarse al camarero con el postre.

–¡Vaya, esto tiene que ser pecaminoso! –dijo, contemplando la pequeña montaña de profiteroles cubiertos de chocolate y rodeados de nata.

–No mires ahora, pero cierto pecador al que conoces viene hacia acá en este momento con una morena despampanante colgada del brazo –dijo Al con disimulo.

–¿Quién? –Sally miró a su amigo con incertidumbre, pero no tuvo tiempo de reaccionar.

Zac Delucca ya estaba junto a la mesa.

–Hola, Al… Sally. Me alegro de veros.

–Sí, qué sorpresa –dijo Al con cordialidad.

Sally levantó la vista y se encontró con la gélida mirada del hombre más despreciable al que había conocido. Aquellos ojos negros parecían querer taladrarla de lado a lado.

Pero lo peor de todo era la impresionante morena que le acompañaba; alta y esbelta, aquella mujer sabía llevar un traje de firma como una auténtica modelo.

En realidad, seguramente lo era; una más en su larga lista de amantes esculturales.

–¿Disfrutando de la cena, Sally? –le preguntó él en un tono cínico.

–Sí, hasta hace un momento.

Zac la miró fijamente y en silencio durante un instante.

Nadie insultaba a Zac Delucca en público y se salía con la suya como si nada.

Esa misma mañana, había amenazado a Nigel Paxton con denunciarle ante la policía por sus fraudulentos tejemanejes. Sin embargo, todavía no se había decidido al respecto. Admitir que alguien había logrado timarle no era bueno para el negocio, pero... Quizá hubiera una manera mejor de saldar cuentas con él.

Sally contuvo la respiración. Una furia indomable se había apoderado de Zac y el silencio se hacía cada vez más incómodo. A lo mejor había ido demasiado lejos.

–Siempre tan bromista, Sally –le dijo con una mueca sarcástica–. Que disfrutéis de la cena –dijo y se marchó sin más.

Sonrojada, Sally respiró con alivio al verle alejarse.

–¿Qué es lo que ha pasado? –preguntó Al, sorprendido–. Delucca estaba furioso. No quisiera estar en tu pellejo, amiga. Si las miradas mataran...

–No pasa nada. Y ahora, ¿puedo disfrutar del postre en paz, por favor?

–Sí, pero ya te advertí respecto a Delucca. No se puede jugar con un tipo como ése. Zac Delucca no se anda con chiquitas.

–Al, no te preocupes. No voy a volver a verle, y

estoy segura de que él tampoco quiere volver a verme a mí –le dijo, sonriendo–. Confía en mí. Tiene un ego tan grande como su cuenta bancaria.

–Lo que yo quiero decir… –dijo Al–. Es que nadie insulta a un hombre como ése y se sale con la suya sin más. Créeme. Soy un hombre. Estaba furioso, pero es evidente que te desea hasta la médula, y no quiero que te hagan daño, Salmacis. Ten muchísimo cuidado, por favor –añadió en un tono serio.

El teléfono estaba sonando cuando Sally llegó a casa un par de horas más tarde.

–¿Sí?

–¿Él está contigo?

Era Zac Delucca.

–¡No! –exclamó Sally, estupefacta–. Pero eso no es asunto tuyo. Y no vuelvas a llamas a….

–Se trata de negocios –le dijo, interrumpiéndola–. ¿Has hablado con tu padre?

–¿Mi padre? No –aquella extraña pregunta le impidió colgar el teléfono sin más.

–Entonces te sugiero que lo hagas… pronto. Yo me pasaré por allí mañana por la tarde a eso de las ocho.

–Oye, espera un momento…

Zac había colgado el teléfono.

Lentamente Sally colocó el teléfono en su base y trató de entender lo que acababa de ocurrir.

¿Por qué le había dicho Zac Delucca que llamara a su padre? No tenía ningún sentido.

Miró el reloj. Era más de medianoche, así que la llamada tendría que esperar al día siguiente.

Además, su padre debía de estar en cama con alguna de sus amantes; al igual que Zac.

A juzgar por la brevedad de su llamada, en ese momento debía de estar retozando en la cama con aquella modelo...

El miércoles por la mañana, después de pasar la noche en vela, Sally cambió la ropa de cama, se arregló a toda prisa y salió por la puerta sin siquiera desayunar. No había podido cerrar los ojos en toda la noche porque el aroma de Zac Delucca seguía allí, en las sábanas, en las almohadas... Tenía que comprar unas nuevas esa misma tarde.

–Oh, Dios mío... –se dijo, mirando el reloj.

Llegaba tarde al trabajo y la última cosa en su lista de prioridades era llamar a su padre.

Por suerte la mañana no fue tan ajetreada como esperaba y pudo salir antes de su hora. Normalmente se quedaba a almorzar en el museo, pero ese día decidió pasar la tarde de compras. Había llamado a su madre y todo parecía estar bien, así que...

¿Por qué no?

Compró dos almohadas nuevas y después pasó por el supermercado, donde compró algo de pan, leche y algunos platos preparados. Como solía pasar los fines de semana con su madre, no tenía mucho tiempo para ir de compras y ya casi nunca se preocupaba de cocinar por las noches.

Entró en su apartamento justo cuando empezaba a llover. Los negros nubarrones llevaban toda la tarde formándose.

–Ha llegado justo a tiempo, señorita Paxton –le dijo el conserje, sonriendo–. Menos mal que ya se acaba esta ola de calor. Ha durado más de dos semanas.

–Esto es Inglaterra –dijo Sally en un tono entusiasta y fue hacia el ascensor.

Al meter la llave en la cerradura, oyó el teléfono. Estaba sonando de nuevo.

Rápidamente entró en casa, dejó las bolsas en cualquier lado y descolgó el auricular.

–¿Dónde has estado? Te he estado llamando varias veces desde ayer, y ayer por la noche saliste.

Era su padre.

–Yo también tengo derecho a tener una cita de vez en cuando, y tengo que ir a trabajar, ¿recuerdas? Y cuando no estoy trabajando voy a visitar a mi madre, tu esposa. Te he llamado docenas de veces durante las últimas semanas para convencerte de que fueras a verla, pero nunca has contestado a mis llamadas. Bueno, ahora ya sabes lo que se siente.

–Sí, sí, ya lo sé. Pero, escúchame, por favor. Esto es muy importante. ¿Te ha llamado Delucca?

–¿Y por qué tendría que llamarme? Apenas lo conozco.

–Lo conoces muy bien. Almorzaste con él el viernes.

–Eso fue algo accidental que no se volverá a repetir –le dijo ella en un tono decidido.

–No le rechaces tan alegremente, Sally, cariño, porque le di tu número de teléfono ayer.

–No tenías ningún derecho –dijo ella, furiosa.

Sin embargo, Delucca ya sabía su número desde mucho antes, así que no tenía sentido enfrascarse en una discusión.

–Ahora eso no importa. Escúchame. Ese hombre es un bastardo implacable. Todos sus empleados le tienen pánico. Tiene fama de despedir a diestro y siniestro cuando absorbe a una nueva empresa, y en ocasiones la cierra sin más y vende sus activos para sacar el máximo beneficio, así que si no le tengo de mi lado, puedo perderlo todo.

–Bueno, seguro que puedes arreglártelas muy bien tú solo, ¿no? En todas las otras facetas de tu vida eres un completo desastre, pero incluso yo tengo que reconocer que eres bueno en tu trabajo –dijo Sally en un tono seco.

–Lo he intentado, pero ese hombre no confía en nadie excepto en su mano derecha, el tal Costa. Y Costa averiguó que me he saltado un par de normas de la empresa. Ayer tuve una reunión muy desagradable con Delucca y le dije que tú podías dar fe de mi integridad. Por favor, prométeme que serás amable con él si te llama.

Sally arrugó el entrecejo. Su padre estaba preocupado por algo. Esa voz ansiosa e impaciente lo delataba. Además, aquel día, en su despacho, se había comportado de un modo muy extraño delante de Delucca.

«Un par de normas de la empresa». Ya. «Seguramente le sorprendieron con la secretaria», pensó Sally con amargura.

—Ya sé lo que piensas de mí, pero piensa en tu madre. Ya le he dicho a Delucca que está paralítica y que está internada en una residencia para adultos muy cara. Espero despertar algo de empatía en él, si es que la tiene, pero, aun así, necesito tu apoyo si llega ponerse en contacto contigo. El tiempo se acaba —Nigel suspiró—. Tengo otra reunión con él mañana por la mañana.

—Apoyaré tu versión, si es que llega a llamarme —dijo Sally en un tono cortante.

No tenía ningún reparo en mentirle a su padre y no tenía intención de decirle que Delucca ya la había llamado. Sin embargo, sí podía pedirle algo a cambio; algo que haría muy feliz a su madre.

—Con una condición —añadió—. Tienes que darme tu palabra de que vendrás a ver a mamá el fin de semana. Te recogeré al salir y te reservaré una habitación en el hotel donde suelo hospedarme. Y, por una vez, te quedarás todo el fin de semana.

—Trato hecho. Te doy mi palabra —dijo Nigel en un tono de alivio—. Pero ten presente que eres una mujer guapa, cariño, y Delucca es un soltero codiciado. Te invitó a comer, así que debes de haberle gustado. Si juegas bien tus cartas, nos podría ir muy bien a los dos.

—A ti, quizá sí. Y en cuanto a mí, ya sabes lo que pienso de ti. No sé cómo mi madre pudo enamorarse de un hombre tan despreciable. No sé cómo te sigue queriendo a pesar de todo, pero sí sé que yo no —dijo y le colgó el teléfono.

Rápidamente se puso a desempacar las compras y metió la comida en el frigorífico. Llevó las almohadas a la cama, quitó las fundas de las viejas y las cambió por las nuevas.

«Ojalá fuera tan fácil sacar a Zac Delucca de mi vida…», pensó al tiempo que echaba a la basura las viejas almohadas.

Miro el reloj. Zac le había dicho que estaría allí a eso de las ocho y ya casi eran las siete.

Fue hacia el armario, se quitó los zapatos, los guardó dentro, y sacó unos vaqueros cómodos y una camiseta de estar en casa. No iba a vestirse de manera diferente para recibir a un indeseable.

Después fue a darse una buena ducha, echó la ropa sucia en su cesta y se vistió.

Sólo quería un poco de normalidad, pero era difícil de conseguir en esas circunstancias.

Con el estómago hecho un nudo, se sentó en el sofá y encendió la televisión.

Zac Delucca no tardaría en llamar a su puerta.

Pocos minutos después, sonó el intercomunicador.

Ella descolgó el auricular, escuchó un momento y apretó el botón.

–Sí –dijo.

Unos segundos más tarde sonó el timbre de la puerta y ella abrió de inmediato.

Delucca, con el cabello mojado de la lluvia y vestido con un impecable traje negro, estaba parado frente a ella.

–¿Puedo entrar? –le preguntó con frialdad.

–Me alegra ver que tus modales han mejorado un poco –dijo ella, soltando lo primero que le venía a la cabeza–. Adelante –le dijo, haciendo un gesto exagerado con el brazo.

Él entró en la casa, dejando un rastro de aróma a su paso.

Y entonces Sally sintió como si un enjambre de mariposas revoloteara en su estómago.

«No seas estúpida…», se dijo a sí misma, enfadada.

–El sarcasmo no te queda bien, Sally.

–¿Y tú qué sabes? Tú no me conoces –dijo ella, cada vez más molesta.

Él se quitó la chaqueta empapada y la colgó del pasamanos de la escalera, dándole la espalda.

–A lo mejor no del todo… –le dijo, volviéndose lentamente y atravesándola con la mirada–. Pero pronto llegaré a conocerte muy bien –le dijo, mirándola de arriba abajo de forma descarada.

–Quizá en otra vida –dijo ella, tratando de guardar la compostura.

Él dio un paso adelante.

–¿Has hablado con tu padre?

–Sí, claro que sí –dijo ella, sosteniéndole la mirada con valentía.

–¿Y crees que tienes elección? –le preguntó él, levantando una ceja en un gesto burlón.

–No sé de qué estás hablando –dijo ella, desafiante–. Todo lo que sé es que mi padre me llamó y me dijo que te había dado mi número. No me molesté en decirle que ya lo tenías –añadió con ironía–. Y fue entonces cuando me lo contó todo.

–¿Todo? ¿Y todavía crees que tienes elección? –preguntó él, poniéndose cada vez más serio.

–Sí –dijo ella con firmeza–. Por lo visto, tienes fama de despedir a tus empleados sin contemplaciones cuando adquieres una nueva empresa. Y a veces incluso cierras el negocio directamente. Mi padre está preocupado por su empleo. Como marido es un ser despreciable, pero te puedo asegurar que es cierto que mi madre está recluida en una residencia para adultos, y él sí paga las facturas, aunque sólo sea eso lo que hace. En cuanto a lo demás, es un buen contable. De hecho, no sé por qué te molestaste en venir hasta aquí. Podríamos haber mantenido esta conversación por teléfono.

Unos oscuros ojos llenos de desprecio se clavaron en los de ella.

–Me sorprendes –dijo él finalmente.

Por primera vez Sally sintió un extraño escalofrío.

¿Qué estaba ocurriendo?

–Realmente te trae sin cuidado –añadió él.

–Si te refieres a mi padre… no te equivocas –le dijo sin extenderse más–. Pero, bueno, si no hay nada más, me gustaría que te fueras en este momento.

Sin esperar una respuesta, dio media vuelta, fue hacia el sofá y apagó la televisión con el mando de control remoto.

–Hay algo más –dijo él en un tono que sonaba amenazante–. Mucho más –dijo, yendo hacia ella–. Algo más de un millón de libras que han sido sustraídas de la empresa. A ver cómo sigues viviendo como lo haces con tu padre en la cárcel.

Capítulo 7

AQUELLAS palabras le cayeron como un jarro de agua fría, pero el orgullo la hizo mantener la cabeza bien alta.

–Perfecto –le dijo–. Por muy extraño que te parezca, mi padre no me mantiene, y yo jamás aceptaría que lo hiciera. Por si no te has dado cuenta, yo no lo soporto. Él es todo lo que yo desprecio en un hombre. Es un machista, un mujeriego, y un bastardo adúltero. Por desgracia, mi madre lo ama, y yo quiero a mi madre, así que me veo obligada a tolerarle, pero eso es todo. Si le viera ahogándose, no correría a salvarle, así que, sea lo que sea lo que haya hecho, me trae sin cuidado –le dijo, dando rienda suelta a todo el odio que sentía por su padre–. Llevo muchos años manteniéndome a mí misma, y seguiré haciéndolo como hasta ahora.

–¿Y cómo lo haces? –le preguntó él, esbozando una sonrisa venenosa–. ¿Metiendo hombres en tu cama?

Sally dio un paso adelante y le dio una bofetada.

–¡Cómo te atreves! –exclamó, furiosa.

Sorprendido, él echó atrás la cabeza, y antes de que Sally pudiera reaccionar, la agarró de los hombros y la atrajo hacia sí.

–Nadie golpea a Zac Delucca y se sale con la suya –le dijo entre dientes–. Tienes mucha suerte. Si fueras un hombre, ya estarías muerta –añadió, en un susurro–. Pero, hay otras alternativas…

El corazón de Sally se disparó. Un pánico atroz comenzaba a apoderarse de ella al no saber de qué era capaz aquel hombre violento y terrible.

Presa de un frenesí desesperado, trató de zafarse de él, golpeándolo en el pecho y en la cara, pero fue inútil.

Sujetándola con brazos de hierro, él se inclinó sobre ella y se tomó su particular venganza con un beso salvaje. Ella intentó apartar la cara, pero él era más fuerte y la tenía atrapada.

Cuando por fin dejó de devorarla con la boca, la joven estaba sin aliento y las piernas le temblaban sin control.

Podía sentir su corazón de león retumbando contra el suyo propio.

Y entonces ocurrió.

Sus miradas se encontraron y ella sintió un vuelco en el estómago. El fuego líquido del deseo corría por sus venas.

La tensión entre ellos se podía cortar con una tijera. ¿Cómo lograba afectarla tanto? Con sólo sentir el tacto de sus manos, sentía un calor abrasador que la consumía por dentro, dejándola débil, sin fuerzas, a su merced…

De repente, la expresión de él se volvió fría e impasible, como si no hubiera estado a punto de perder el control un momento antes.

Dejó caer los brazos y la liberó por fin.

—Bueno, volviendo a los negocios. ¿Cómo tienes pensado saldar la deuda de más de un millón de libras, suma que tu padre ha malversado en Westwold?

—No tengo que hacerlo —dijo ella, con la voz entrecortada—. No es mi deuda.

—Cierto, pero por mucho que desprecies a tu padre, y por mucho que insistas en que no necesitas su dinero, por lo visto, tal y como me has confirmado, tu madre está en una residencia muy cara. A mí me parece que ella sí que necesita el dinero de tu padre, ¿no es así? A no ser que… Claro. Seguro que ganas suficiente para mantenerla a ella también.

Levantó una ceja y dio un paso atrás, haciendo alarde de crueldad y cinismo.

—Eres una mujer muy hermosa —le dijo, mirándola de arriba abajo con descaro—. Tienes todos los atributos que un hombre podría desear. Pero si el fiasco de la otra noche suele ocurrirte con frecuencia, entonces tendrás que mejorar un poco tu técnica en la cama.

Sally lo miró horrorizada, como si fuera la primera vez que lo veía.

Los duros rasgos de su rostro no dejaban lugar a dudas. Estaba hablando muy en serio. El hombre que tenía ante sus ojos era un ser malvado y cruel que no se detendría ante nada.

—Para tu información —le dijo—. Yo trabajo a tiempo completo en un museo y, aunque estoy muy satisfecha con mi sueldo, no me sobra el dinero, como a ti, así que, es cierto. En este momento no puedo permitirme pagar la residencia de mi madre –le dijo con franqueza, ganando así algo de tiempo para encontrar una solución a los problemas de su padre–. No obstante, dentro de un mes aproximadamente, seré capaz de pagar todos los gastos que ocasiona mi madre. Y si no acusas a mi padre, los dos te pagaremos la deuda poco a poco.

–Interesante, pero, no. Tu padre ha robado dinero de la empresa durante años, y ya se le ha acabado el tiempo.

La impaciencia de Sally crecía por momentos, pero las ideas ya se le estaban agotando.

Él fue hacia ella y la obligó a mirarle a los ojos agarrándola de la barbilla.

–Rezar no te ayudará, Sally, pero yo sí puedo –le dijo en un tono miserable y calculador–. Quizá puedas convencerme de que no acuse a tu padre, y así lo librarías de ir a la cárcel.

Deslizó la mano por el cuello de la joven y la agarró de la garganta.

–Si te portas bien… –añadió, agarrándola con brusquedad de la cintura–. Le dejaré seguir trabajando en la empresa. Será delegado a un trabajo de inferior categoría, claro, pero cobrará el mismo sueldo. Dentro de un año, cumplirá sesenta años y podrá jubilarse con una generosa pensión. De lo contrario, se pudrirá en la cárcel por fraude.

La sangre huyó de las mejillas de Sally. Una mezcla de terror y furia la hacía temblar de pies a cabeza.

–¡Maldito bastardo! –gritó, fulminándole con la mirada.

–Ese lenguaje no es digno de una señorita. No dejas de sorprenderme, Sally –le dijo en un tono de burla–. En realidad no lo soy, en el sentido más estricto de la palabra. Mis padres murieron hace mucho tiempo, pero estaban casados cuando nací.

–Y yo no soy una fulana que... que... –la joven se detuvo, incapaz de articular palabra.

–Yo no he dicho que lo fueras en ningún momento –dijo él, arqueando una ceja con una ironía mordaz. Una sonrisa abyecta iluminaba su boca de lobo–. Lo que te propongo es muy sencillo. A cambio de librar a tu padre de la cárcel, serás mi amante.

Sally tragó con dificultad, confundida y escandalizada.

No podía estar hablando en serio. Aquello era una locura. Además, podía estar mintiendo acerca de su padre.

–¿Es cierto? –le preguntó con un hilo de voz–. ¿Lo de mi padre?

–Yo no miento, Sally. Desde mucho antes de que Delucca Holdings absorbiera la empresa, tu padre ha estado malversando fondos de una manera extremadamente astuta. Las cantidades siempre fueron lo bastante pequeñas como para hacerlas pasar por errores de cálculo. Sin embargo, tras una década de fraude constante, la suma asciende a una cifra considerable. Cuando Raffe se hizo cargo de la sede central de Londres, se dio cuenta de que pasaba algo raro. Sólo era una mera sospecha, así que tuvimos que emplearnos a fondo para averiguar qué había pasado –le dijo, haciendo una mueca risueña–. Bueno, ¿qué decides, Sally? ¿Prefieres ver caer en desgracia a tu padre, o aceptar ser mi amante?

Sally guardó silencio un momento, asustada. En el fondo sabía que todo aquello era cierto, y también sabía que no podría soportar ver sufrir a su madre a causa de su padre.

–¿Y por qué yo? –murmuró para sí.

¿Acaso no tenía bastante con ver cómo su madre se moría lentamente?

No. No había elección.

Ella no era tonta. Sabía perfectamente que él actuaba movido por una sed de venganza insaciable. Un millón de libras no era más que calderilla para un magnate como él y, aunque su padre hubiera pasado años robando dinero de la empresa, el perjudicado había sido el anterior dueño de la compañía, y no Delucca.

Venganza, pura venganza...

Ella se había permitido el lujo de rechazarle y después insultarle en público, y él no era de los que olvidaban algo así fácilmente.

–Mírame –le dijo él de repente, agarrándola de la nuca–. Ya sabes por qué, Sally. Te deseo con locura, y aunque trates de humillarme y despreciarme a toda costa, yo sé que en el fondo me deseas. Si ésta es la única forma de tenerte, entonces que así sea.

Sally abrió la boca para protestar, pero antes de que pudiera decir palabra, él tomó sus labios con un beso que nada tenía que ver con el que le había dado antes.

Aquellos labios, suaves y duros al mismo tiempo, la acariciaron con dulzura, probando su sabor y entregándose por completo.

El deseo y el desprecio luchaban en el corazón de la joven, pero el deseo terminó por ganar la batalla.

«No puedo dejar que sepa lo mucho que lo deseo. No puedo...», se decía a sí misma.

Sin embargo, un momento después se rindió a sus caricias y le respondió con toda la pasión que sólo él despertaba en ella.

–¿Esto te ha ayudado a decidirte, *cara mia*? –le preguntó él. Su estridente risotada retumbó en el espacio, rompiendo la magia del momento.

Él sabía que había ganado.

Sally le dio un empujón y se apartó de él por fin. Las piernas apenas la sostenían y terminó desplomándose en el sofá que estaba justo detrás.

Zac bajó la vista hacia ella con una sonrisa maligna. Sabía que podía hacer con ella lo que quisiera; sabía que la tenía a su merced.

–Maldita sea –murmuró ella, cruzando los brazos sobre el vientre para contener los temblores.

No había escapatoria posible. Ya no le quedaban alternativas.

Sin embargo, no iba a ponérselo tan fácil. Además, un hombre como Zac Delucca no tardaría en cansarse de una mujer de hielo...

–Tus argumentos son muy convincentes –admitió, jugando sus últimas cartas–. Tendría que estar loca para rechazar lo que me estás ofreciendo, así que, sí, acepto ser tu amante, pero con ciertas condiciones.

–¿Condiciones? Puede que todos tus «ex» te dieran todos tus caprichos, pero yo no soy de esa clase de hombres. Yo espero que mi mujer esté dispuesta y preparada para mí en todo momento. Las únicas reglas que valen son las mías. Además, en tu caso ya he pagado por ello.

–Pues entonces, lo siento, pero no va a ser posible –dijo ella, sacudiendo la cabeza–. Yo tengo una licenciatura en Historia Antigua y trabajo como investigadora en el British Museum. Mi horario es de nueve a cinco y media de lunes a viernes y algunas veces salgo más tarde. Paso todos los fines de semana con mi madre en una residencia de Devon y llegó muy tarde a casa todos los domingos. La primera condición que pongo es que ni mi padre ni mi madre deben enterarse bajo ningún concepto de nuestro acuerdo. El trato será entre tú y yo. La segunda condición es que puedes venir aquí todas las tardes excepto los sábados y los domingos. Eso es todo.

Sorprendido, Zac la miró fijamente. En ningún momento había pensado que ella pudiera tener estudios superiores y que trabajara en uno de los museos más prestigiosos de todo el mundo.

Cuando ella le había dicho que trabajaba en un museo, había creído que se trataba de un empleo de recepcionista en alguna atracción turística como la casa de los horrores o algo parecido.

Sin embargo, a juzgar por la inflexible determinación que iluminaba su mirada, era indudable que estaba diciendo la verdad.

–Si lo que dices es cierto, Sally… –le dijo, provocándola un poco más–. ¿Cómo es que estabas libre el viernes por la tarde? Ese día parecía que acababas de salir de la portada de una revista de moda, con ese vestido de firma tan elegante.

–Tengo tres vestidos de firma para las ocasiones especiales. Los compré en una tienda de segunda mano aquí en Kensington. Todos son de hace dos o tres temporadas. Las mujeres con las que tú sales suelen deshacerse de ellos o venderlos cuando termina la temporada –le dijo en un tono venenoso.

De repente, aunque sólo fuera por un instante, Zac sintió un latigazo de remordimiento.

–Llevo meses investigando sobre una colección de objetos del antiguo Egipto que han estado guardados en el sótano del museo durante años. Van a ampliar la colección expuesta y he tenido que trabajar mucho durante las últimas semanas. El viernes pasado tuvo lugar una rueda de prensa para presentar la ampliación de la exposición. Mi jefe me pidió que asistiera al evento para hacer una pequeña presentación acerca del origen de las reliquias. Como el acto terminó pronto y mi jefe sabe que mi madre está muy enferma, me dieron el resto de la tarde libre.

Zac la miró a los ojos y creyó ver auténtico dolor en su mirada.

¿O acaso lo había imaginado?

Aquellos ojos azules lo miraban con gesto inflexible y decidido.

–Aunque a ti te encante aterrorizar a tus empleados, no todos los jefes son como tú. Charles, mi jefe, es una persona amable y comprensiva. El motivo por el que me encontraste en Westwold era mi padre. Fui a convencerle de que me acompañara a ver a mi madre el fin de semana, pero, por desgracia, ¡llegaste tú! ¿Satisfecho?

Algo confuso, Zac resolvió sus dudas sacando más rabia de su interior.

–¿Que si estoy satisfecho? Has satisfecho mi curiosidad, sí, pero no lo demás. Si embargo, muy pronto lo harás –la agarró de la mano y la hizo ponerse en pie–. Acepto tus condiciones, Sally Paxton, y ahora te toca a ti aceptarme en tu cama.

Un estremecimiento de miedo recorrió la espalda de la joven, dejándola helada. ¿Acaso quería que se fueran a la cama en ese preciso instante?

–Muy bien –le dijo, soltándose de él y atravesándolo con la mirada.

«Bien…», repitió Zac en su mente.

Ella siempre usaba esa palabra cuando no sentía nada, cuando quería demostrar indiferencia.

Sin embargo, él no iba a dejarla indiferente.

Zac Delucca nunca dejaba indiferente a una mujer.

–De acuerdo. Puedes empezar quitándose esa horrible ropa que te cubre de pies a cabeza. Si no lo haces tú, lo haré yo. Tú elijes.

Sally lo miró a los ojos y se dio cuenta de que hablaba en serio. Quería humillarla de la forma más vil.

–Si pudiera elegir, nunca volvería a verte en toda mi vida –le dijo con la mirada encendida–. Te odio, Zac Delucca.

–El odio es mejor que la indiferencia –dijo él, encogiéndose de hombros–. Has accedido a ser mi amante, y la única elección que tienes es la que yo acabo de darte, Sally. Y si no te decides pronto, yo lo haré por ti –le dijo en un tono de amenaza.

Ardiendo de rabia, Sally se deshizo de la camiseta y se sacó los pantalones con brusquedad.

Él la miró de arriba abajo y esbozó una media sonrisa al ver sus braguitas de algodón y su sujetador de deporte.

–Muy… virginal… pero los dos sabemos que no lo eres. No obstante, es mucho mejor así. Yo prefiero a las mujeres con experiencia, o envueltas en seda y encajes, o desnudas. O todo o nada –le dijo con cinismo.

En ese preciso instante, Sally vio un pequeño atisbo de esperanza. Ella no tenía nada que ver con las amantes a las que él estaba acostumbrado, así que no tardaría mucho en cansarse de ella.

Además, cuanto antes terminaran con todo aquello, antes la dejaría en paz.

–Como desees –se quitó el sostén, lo dejó caer al suelo y se bajó las braguitas–. Lo que ves es lo que hay –le dijo, extendiendo los brazos y dando media vuelta.

Sin embargo, sus pies no llegaron a completar la vuelta porque él la tomó en brazos y la tumbó sobre la cama.

Capítulo 8

ZAC se detuvo frente a ella. La poca luz que entraba por la ventana recortaba su oscura silueta, amenazante y misteriosa.

De repente la rabia que Sally había sentido hasta ese momento se desinfló como un globo pinchado. ¿En qué estaba pensando? ¿Acaso se había vuelto loca? No podía hacerlo.

–Ni siquiera lo pienses –dijo él, como si pudiera leerle la mente. Entonces se sacó algo del bolsillo del pantalón, lo puso sobre la mesilla y se quitó la camiseta.

Como si estuviera hipnotizada, Sally le observó mientras se desvestía. Su cuerpo era un ejemplo de perfección masculina. Una delgada línea de vello descendía por su musculoso abdomen y se perdía tras la bragueta del pantalón.

–Esta vez no hay vuelta atrás, Sally –le dijo, decidido.

Ella tragó con dificultad.

Totalmente desnudo y excitado, Zac Delucca era un hombre magnífico, y además tenía una gran experiencia, mientras que ella… De pronto la joven se dio cuenta de que no había forma de estar a la altura y, aún peor, no tenía garantía alguna de que aquello serviría para salvar a su padre.

—¿Y qué pasa si eres tú el que cambia de idea? —le preguntó—. ¿Cómo sé que cumplirás con tu parte del trato?

Él se puso tenso y la miró con ojos sombríos.

—Porque hicimos un trato y yo te di mi palabra. Yo siempre mantengo mi palabra.

Sally guardó silencio.

Algo le decía que estaba diciendo la verdad.

—¿Aunque yo sea realmente mala? —le preguntó.

—Eso es lo que espero. A mí me gustan mucho las mujeres malas —le dijo él, riendo y metiéndose en la cama a su lado.

Se apoyó sobre un codo y la devoró con la mirada.

—Perfecta —susurró y comenzó a acariciarla con la yema de los dedos desde los hombros hasta los pechos, después la cintura, la curva de sus caderas…

Ella se puso tensa, pero él no se detuvo ni un instante. Sus suaves manos se deslizaban con delicadeza sobre el abdomen de la joven, y entonces bajaron por una de sus piernas para después subir por la otra, rodear su pequeño ombligo y seguir hasta sus pezones, que se endurecieron al primer contacto.

Las pupilas de Sally se dilataron y su respiración se hizo trabajosa. Pequeños gemidos de placer escapaban de sus labios.

Zac sintió sus tímidas caricias a lo largo de la espalda y así supo que la tenía por fin. Ella era suya; le pertenecía…

Lentamente buscó el centro de su entrepierna y apretó la mano contra los suaves labios de su sexo. Ella abrió las piernas para recibirle y lo miró con ojos de deseo.

Él la estaba torturando, pero era una tortura exquisita.

—Voy a darte más placer del que ningún hombre te ha dado jamás, Salmacis.

Al borde de la sinrazón, Sally deslizó una mano a lo largo de su pecho varonil y tocó su erección.

—No —dijo él con un gemido.

Ella esbozó una sonrisa traviesa.

—¿Quieres decir esto? —le preguntó, acariciando la punta con la yema del dedo.

Fascinada con su reacción, enroscó la mano alrededor de su palpitante miembro y comenzó a masajearle con pasión.

—No... Sí... —dijo él de repente y, capturando su muñeca, la hizo retirar la mano—. Tan traviesa como siempre —le susurró sobre los labios.

Entonces se incorporó, le sujetó ambas manos por encima de la cabeza y le dio un beso devorador.

Ella estaba atrapada, inmóvil debajo de él, y él se aprovechaba de su indefensión, probando y palpando cada centímetro de su ser. Arqueando la espalda, la joven trató de soltar las manos, pero era inútil. Él la agarró con más fuerza y comenzó a acariciar su sexo húmedo y caliente, llevándola al borde de la locura. Una tensión increíble y desconocida crecía en su interior y la hacía menearse al ritmo de aquellas caricias expertas; unas caricias que ya apenas podía aguantar.

De pronto él la liberó y ella gritó de gozo, saboreando un pequeño bocado del paraíso que sabía estaba más allá de la cordura.

Él buscó algo en la mesilla, la agarró de las caderas y la levantó de la cama. Su potente miembro viril le rozaba la cara interna del muslo y, casi sin pensar, la joven le rodeó el cuello con ambos brazos y se apretó contra él.

Una sed de placer desconocida la hizo buscar su potencia masculina y engullirla por completo.

Mirándola a los ojos, Zac la oyó gritar de dolor; un grito inesperado que no dejaba lugar a dudas.

–Eres virgen.

–Era –murmuró ella, apretando las piernas alrededor de su cintura. La aguda punzada de dolor ya empezaba a remitir y el placer más exquisito volvía a asomar en el horizonte.

–¿Qué estás haciendo? –le preguntó él, tratando de apartarse.

–No lo sé. Pensaba que tú sí –le dijo ella, sonriendo.

Zac sonrió y la miró a los ojos. Sus pupilas, dilatadas y oscurecidas por el deseo, escondían un destello de buen humor.

Al sentir cómo se tensaban aquellos delicados músculos alrededor de su miembro, él vibró por dentro y por fuera. Jamás había sentido nada parecido en toda su vida.

Capturando sus gemidos de placer con los labios, comenzó a moverse lentamente. Ella estaba tan rígida que tenía miedo de hacerle daño así que, haciendo acopio de todo su autocontrol, empujó y se abrió camino centímetro a centímetro para después retirarse suavemente.

Una y otra vez se adentró en su sexo de miel y cuando por fin la sintió estremecerse y gritar, presa de un placer insondable, bajó la guardia y se abandonó a aquel frenesí. Indefenso en medio de una tormenta de éxtasis, empujó con todas sus fuerzas y se unió a ella en el clímax de la pasión.

Un momento más tarde, se acostó bocarriba, llevándosela consigo hasta ponerla encima. La atrajo hacia sí sobre su pecho y la abrazó con idolatría. Jamás había conocido a una mujer como ella. Aquel cuerpo fabuloso estaba hecho para el placer.

—¿Te encuentras bien, Sally? —le preguntó cuando recuperó el aliento, apartándole un mechón de pelo húmedo de la cara.

Ella llevaba mucho tiempo en silencio. Quizá le hubiera hecho daño.

Al final, se había dejado llevar hasta el punto de perder el control y tal vez…

—¿Sally? —preguntó una vez más, tirándole del pelo—. Te he preguntado si te encuentras bien.

Apoyando las palmas de las manos contra su pecho, se echó a un lado y lo miró de reojo.

—Estoy bien —murmuró, sintiendo una terrible vergüenza.

¿Cómo había podido hacer todas aquellas cosas con él?

Zac se levantó de la cama.

—Necesito ir al cuarto de baño —le dijo en un tono seco.

—Está al final del pasillo, enfrente de la cocina –dijo ella y le vio marcharse, tranquilo y cómodo con su espectacular desnudez.

«Mi amante…», pensó para sí y entonces sintió un particular escalofrío en la espalda.

Al volver a la habitación, se detuvo frente a la cama y la miró fijamente. Su espléndida melena de rizos pelirrojos estaba extendida sobre la almohada y sus labios estaban hinchados de besos.

La llama del deseo volvió a prender de inmediato.

—Has vuelto –dijo ella, levantando la vista y haciéndose a un lado para dejarle sitio.

Zac fue a tumbarse a su lado y entonces vio la mancha en la sábana.

Se detuvo un instante.

—¿Estás segura de que no te he hecho daño? –le preguntó de nuevo con una expresión sombría en el rostro. Se sentó a su lado y le acarició la barbilla.

—Estoy bien, de verdad.

—¡Maldita sea, Sally! ¿Es que tienes que contestar siempre lo mismo?

—¿Y qué quieres que te diga? –dijo ella–. Eres un amante magnífico y sólo desearía haber sabido lo que me estaba perdiendo. De haber sido así no habría esperado tanto –sonrió con inocencia.

—Deberías haberme dicho que eras virgen.

De repente el filo de la cruda realidad desgarró la dulce crisálida de placer que él había tejido a su alrededor.

Aquélla era la reacción típica de cualquier hombre. Ellos siempre le echaban la culpa a la mujer.

–¿Y eso hubiera supuesto alguna diferencia? –le preguntó, recordando por qué estaba allí.

Había perdido la cabeza una vez, pero nunca más volvería a olvidar por qué se había visto obligada a compartir cama con Zac Delucca.

Estaba a su merced. Se había convertido en su esclava, y todo por culpa de su padre.

–Básicamente le pagas a mi padre para que yo sea tu amante –le espetó con una mirada fría y despreciativa–. Traté de advertirte de que podía ser muy mala en esta faceta, así que no me eches la culpa si te sientes estafado.

Un golpe de ira transfiguró los hermosos rasgos de Zac.

–Tienes razón –le dijo en un tono tenso–. No supone ninguna diferencia –la agarró con brusquedad–. Y en cuanto a lo de ser mala en la cama, estoy seguro de que eres una chica muy lista. Pronto aprenderás todo lo que necesitas saber para satisfacerme.

Sus miradas se encontraron y Sally tembló al ver el deseo que bullía en sus oscuras pupilas.

Él la agarró de la nuca y conquistó sus labios con un beso fiero y posesivo. Rápidamente se apoderó de sus caderas, la colocó a horcajadas sobre los muslos y comenzó a acariciarla por todas partes, sediento de ella.

Sally se inclinó adelante, apoyó las manos a ambos lados de él y le miró a través de una cortina de pelo enmarañado.

–Quédate así –le dijo él en un susurro primitivo. Se incorporó un poco y empezó a mordisquearle los pezones, lanzando dardos de placer que la atravesaban una y otra vez.

La joven bajó la cabeza y frotó sus labios hinchados contra los de él, una y otra vez, explorando su boca con lujuria.

–Ya no más –dijo él de repente, agarrándola del pelo y atravesándola con la mirada.

La levantó por las caderas y la hizo sentir el poder de su potente erección entre las piernas.

–Quiero verte, quiero ver la pasión en tus ojos cuando te haga gritar de placer.

Sally cerró los ojos y dejó escapar un gemido al sentir el empuje de su potencia masculina, abriéndose camino en su interior, arriba y abajo. Las llamaradas humeantes de la pasión la azotaban una y otra vez, llevándola más y más cerca del borde del precipicio.

Pero él no estaba dispuesto a detenerse.

Se incorporó, la sujetó de la espalda y, apretándola contra su propio pecho, siguió empujando con todas sus fuerzas, comiéndosela a besos.

Sus cuerpos, entrelazados, se movían al compás de una danza primitiva. Se besaban, se clavaban las uñas…cada vez más cerca del abismo del éxtasis.

Y cuando ya no podían aguantar más, él se puso encima de ella y se detuvo un instante para contemplarla.

–Por favor… Zac… –ella gritó su nombre en un tono de súplica.

–Por fin –dijo él, empujando más rápido y más adentro, dejando que el fuego que los quemaba los consumiera por completo.

Durante un buen rato la habitación permaneció en el más absoluto silencio. Lo único que se oía era la respiración entrecortada de Zac, que yacía sobre ella con la cabeza apoyada en uno de sus hombros, exhausto.

Más tarde, ella volvería a odiarle con todo su ser, pero en ese momento no tenía fuerzas suficientes.

–Lo siento… –dijo él, echándose a un lado–. Soy demasiado pesado para ti.

La joven guardó silencio. Los párpados le pesaban tanto, que casi no podía mantener los ojos abiertos. De pronto sintió un brazo alrededor del pecho.

–Sally, ¿estás…?

–Si vas a preguntarme si estoy bien, no te molestes. Estoy bien –dijo, aunque no fuera del todo cierto.

La verdad era que estaba obnubilada, y también ligeramente avergonzada. Apenas reconocía a la mujer desinhibida que yacía en brazos de aquel hombre maravilloso.

–Has cumplido tu promesa. Ha sido mejor de lo que jamás imaginé –le dijo ella con franqueza–. Pero ahora estoy exhausta, así que ya puedes quitar el brazo. Estás perdiendo el tiempo.

Él lo quitó de inmediato y ella no tardó en arrepentirse.

–Sólo quería abrazarte un poco. A la mayoría de las mujeres les gusta.

–Bueno, te creo. Tienes mucha experiencia en

ese ámbito. Sin embargo, no. Gracias, pero no –se obligó a mirarlo a los ojos.

Él también la miraba con gesto pensativo y sombrío.

–Sólo quiero dormir, así que, si no te importa, quisiera que te fueras ahora...

–Puedo prepararte un baño. Te ayudará a relajarte.

–Si estuviera más relajada, estaría inconsciente. Por favor, Zac, vete. Debe de ser muy tarde y mañana tengo que levantarme pronto para ir al trabajo.

Él se levantó de la cama y la miró un momento.

–Si no puedo hacer nada por ti...

–No... Sólo cierra la puerta cuando salgas –le dijo ella, pensando que ya había hecho bastante y deseando que se fuera de una vez.

Le escuchó vestirse sin hacer ruido y después sintió sus labios en la mejilla.

–Que duermas bien, Sally. Te veré mañana –le dijo y la tapó con la manta.

Ella fingía estar dormida.

–Tenemos un trato, ¿recuerdas? –añadió antes de marcharse.

Sus pasos se alejaron por el pasillo y un segundo después la puerta se cerró.

Nada más tener la certeza de estar sola otra vez, Sally se levantó de la cama, fue directamente al baño y se metió bajo la ducha.

Unos minutos más tarde, sus lágrimas saladas se mezclaban con el agua que caía sobre ella...

Capítulo 9

SALLY parpadeó y abrió los ojos. Los rayos del sol la habían despertado. La lluvia de la noche anterior había cesado por fin y había dado paso a un perfecto cielo azul.

Estiró los brazos, se levantó de la cama y entonces se acordó...

Volvió a cerrar los ojos y trató de ahuyentar de su mente todos aquellos recuerdos, pero era inútil. La imagen de Zac Delucca, desnudo y glorioso, ocupaba todos sus pensamientos.

El momento en que la había hecho suya, una y otra vez...

Avergonzada consigo misma, saltó de la cama y corrió al cuarto de baño. Se dio una ducha, se puso un vestido verde de botones, se preparó una buena taza de café y se tomó un tazón de cereales. Después lavó los platos sucios, los puso a secar, buscó el bolso y las llaves y se dirigió a la puerta.

De repente empezó a sonar el teléfono.

Sally cerró los ojos y rezó por que no fuera su madre.

—Buenos días, Sally —le dijo una voz grave desde el otro lado de la línea, poniendo de punta cada nervio de su ser.

«Oh, no…», pensó para sí.

Zac Delucca. Otra vez.

—Buenos días —le dijo ella en un tono de pocos amigos—. ¿Qué quieres? Y que sea rápido. Estoy saliendo para el trabajo.

—Ya sabes lo que quiero, Sally. A ti —le dijo con una carcajada—. Pero por ahora me conformo con saber a qué hora sales. Voy a ir a buscarte.

—No es necesario —dijo ella rápidamente—. Estaré de vuelta en casa a las siete y media como muy tarde.

—No es suficiente… ¿A qué hora sales, Sally? —le volvió a preguntar, esa vez en un tono más serio.

—A las cinco y media —le dijo ella con reticencia y colgó el teléfono.

Zac siempre hacía muy bien sus deberes y gracias a eso descubrió que el personal del museo solía salir por una puerta lateral situada en lo alto de un pequeño tramo de escaleras. Aparcó su flamante deportivo en la acera opuesta y miró el reloj. Faltaban cinco minutos. Bajó del vehículo, se apoyó en el capó con aire desenfadado y esperó.

Ella no tardaría en salir.

Dos minutos después, salió por la puerta, vestida con un llamativo vestido verde que hacía un hermoso contraste con el fuego de su melena pelirroja, curiosamente iluminada por el sol de la tarde.

Él estuvo a punto de esbozar un atisbo de sonrisa, pero entonces se dio cuenta de que ella estaba acompañada. Un hombre alto y rubio, muy bien vestido y con un maletín en la mano, le dijo algo al oído al llegar al pie de la escalera. Ella se rió suavemente. Después, él le apartó un rizo del rostro, la besó en la mejilla, dio media vuelta y se alejó, despidiéndose con la mano.

Sally le dijo adiós a su jefe y entonces miró a ambos lados.

«Con un poco de suerte, Zac estará esperando en la entrada principal del edificio», pensó, todavía sonriente.

Sin embargo, su alegría no tardó en desvanecerse. Él estaba justo delante, al otro lado de la calle, recostado contra el capó de un deportivo negro espectacular.

—Hola… —le dijo, yendo hacia él con la barbilla bien alta—. Ya veo que me has encontrado —añadió, recordando que menos de veinticuatro horas antes había estado en la cama con el hombre que tenía ante los ojos; completamente desnuda y dando rienda suelta al desenfreno sexual.

Se le ruborizaron las mejillas.

—¿Acaso tenías alguna duda al respecto? —le preguntó, arqueando la ceja con arrogancia.

—No, no… —murmuró ella, retrocediendo un paso al ver aproximarse a un coche a toda velocidad.

Dos manos vigorosas la agarraron de la cintura y la alzaron en el aire para después sentarla en el asiento del acompañante.

–Siéntate antes de que te lleves un golpe –le dijo él. Fue hacia el lado del conductor, se sentó a su lado y arrancó–. ¿Quién es ese tipo rubio? –le preguntó de repente, mirándola fijamente sin poner en marcha el coche.

Sally frunció el ceño.

–Te he preguntado quién es ese hombre que se despidió con un beso.

–Oh, quieres decir Charles. Mi jefe.

–Ah, debería haberlo recordado. Un jefe amable y preocupado por sus empleados; creo que eso fue lo que me dijiste. Y ahora sé por qué. Anda detrás de ti.

–No seas ridículo. Es un hombre decente y muy agradable con el personal a su cargo.

–Pero apuesto a que no los besa a todos –dijo él con ironía–. *Dio*, Sally, no puedes ser tan inocente –sacudió la cabeza–. Es un hombre, y tú eres una mujer hermosa a la que ve todos los días en el trabajo. Tienes que saber que va a por ti.

–Estás completamente equivocado. Es un hombre felizmente casado, y tiene una hija –dijo ella, exasperada.

–Y tu padre también, pero, según lo que me cuentas, eso nunca ha sido un problema.

–Eso ha sido un comentario muy desagradable, pero, viniendo de ti, nada me extraña.

Sally se dio cuenta de que no eran celos lo que sentía. Zac Delucca simplemente estaba representando su «yo» de siempre; arrogante, presuntuoso y posesivo.

–Charles es un hombre feliz y totalmente comprometido con su familia. Está orgulloso de ella, y yo lo sé porque conozco a su esposa y también a su hija. Las he visto en muchas ocasiones, así que deja ya esta conversación absurda y conduce. Estás obstruyendo el tráfico —le espetó, cansada de tanta insistencia.

Zac, sin embargo, seguía sin tenerlas todas consigo. Casados o solteros, muy pocos hombres hubieran pasado por alto a una belleza como Sally.

Puso en marcha el vehículo y se incorporó al ajetreado tráfico de la hora punta. Un momento después, volvió a mirarla de reojo y vio que había tristeza en la expresión de sus ojos.

El silencio entre ellos se extendía de forma interminable y Sally comenzó a impacientarse.

—¿Adónde vamos? —le preguntó cuando el coche se detuvo frente a un semáforo.

—Conozco un restaurante muy agradable que está en la costa sur, justo delante del mar. Está a una hora de camino.

—¿Vamos a irnos lejos? —le preguntó.

Había pensado que él iba a llevarla directamente de vuelta a su apartamento. Sin embargo, parecía que él no tenía ninguna prisa por volver a acostarse con ella.

—Bien —añadió, contestándose a sí misma.

—A menos que, claro, tengas alguna otra cosa en mente —dijo él, esbozando una sonrisa pícara.

—No, la costa suena muy bien. Yo viví junto al mar hasta que tuve que mudarme a Londres por el trabajo. Y después del accidente de mi madre vendieron la casa de Bournemouth —frunció el ceño—.

De hecho, cuando pienso en ello, me doy cuenta de que llevo más de un año sin ir a la playa.

Cenaron en la terraza de un restaurante situado en lo alto de una colina, con vistas a una pequeña cala. Había varias casitas de pescadores junto a la orilla.

Ambos tomaron paté como primer plato y después Zac eligió langosta con ensalada como plato principal. Para el postre tomaron el pudin de verano y un café.

Durante la comida, compartieron una botella del mejor vino tinto y Zac le habló de su infancia y de sus años de estudiante. Ella hizo lo mismo y así fue como descubrió que sus padres habían muerto cuando él tenía un año de edad. Sorprendentemente, Zac Delucca no había sido un niño mimado, sino que había pasado la mayor parte de su infancia en un orfanato y había tenido que trabajar muy duro para ganarse la vida.

Pero no sólo había historias tristes en su vida, sino también divertidas anécdotas que hicieron reír a Sally.

–¿Más vino? –le preguntó él, ofreciéndole la botella. Sus oscuros ojos estaban iluminados por el buen humor.

–Me parece bien –dijo ella y tomó otro sorbo en cuanto él le llenó la copa.

Sin embargo, en cuanto la vio beberlo, él hizo una pequeña mueca y la miró fijamente.

A lo mejor pensaba que ya había bebido demasiado. Él sólo se había tomado una copa en toda la velada, mientras que ella ya iba por la tercera.

–Mejor no –le dijo y dejó la copa sobre la mesa.

–Sí. Bebe, Sally, disfrútalo. Es un vino exquisito, pero cuando tengo que conducir, sólo me permito una copa con la comida.

–¿Y entonces por qué has hecho esa mueca? –le preguntó ella, sacando el coraje de aquel delicioso brebaje.

–Es esa palabra tuya, «bien». Cuando nos conocimos, me di cuenta de que la usas mucho cuando todo te da igual, cuando te es indiferente. Incluso anoche, después de la increíble noche que compartimos, eso fue lo único que dijiste. ¿Por qué?

–Oh…

La noche anterior él le había hecho la misma pregunta, pero ella no se había atrevido a responder. Sin embargo, esa vez el vino le dio fuerzas para hacerlo.

–Cuando era pequeña tartamudeaba mucho, y me acostumbré a decir «bien», porque era casi lo único que podía decir de un golpe. Además, no tardé en darme cuenta de que es una palabra muy versátil. «Bien», acompañada de una sonrisa, significa «sí». Si lo dices encogiéndote de hombros, es un «no». Puede significar algo bueno o genial, o simplemente «de acuerdo». Mi padre solía reírse cuando empecé a tartamudear, pero mi madre me llevó a un logopeda y al final se me quitó. Sin embargo, todavía tengo esa vieja costumbre de decir «bien» a todo.

Zac se llevó una profunda sorpresa.

–Lo siento. Debe de haber sido duro para ti, y ha sido una torpeza por mi parte preguntar –le dijo, algo avergonzado–. Te pido disculpas.

–No tiene importancia. Olvídalo –le dijo ella con una sonrisa.

Se dio la vuelta y miró hacia el horizonte. El sol ya se estaba poniendo y el cielo se había convertido en un espectáculo de color; azul, rosa, rojo y dorado.

–¿Y cómo encontraste este restaurante? –le preguntó, cambiando de tema de forma deliberada–. Nunca he oído hablar de este lugar, y mucho menos del restaurante.

–Me gusta conducir, y lo descubrí un día que me perdí –admitió él con una sonrisa tímida.

–¿Tú? ¿Perdido? Eso sí que me sorprende. Pero me alegro de que te perdieras. Junio es mi mes favorito de todo el año; esos días largos, esas largas horas de luz, y la vista es maravillosa –miró hacia la línea de la costa. El mar estaba en calma total y los rayos del sol se reflejaban en la superficie del agua, tiñéndola de oro.

–La vista es increíble –dijo Zac.

Sally se volvió hacia él y entonces se dio cuenta de que en realidad la estaba mirando a ella.

–Sí, y la comida es muy buena también –dijo ella, sintiendo un cosquilleo que le subía hacia las mejillas.

Era inútil disimular. Ya se había ruborizado.

–No tienes por qué sentir vergüenza por que tú también me desees, Sally –le dijo él en un susurro–. Es totalmente natural, y después de la otra

noche ya tienes que saber que te deseo desespera-
damente. Si por mí fuera, no me separaría de ti ni
un momento hasta que se termine esta pasión, esta
química que hay entre nosotros.

—Eso no es posible —dijo ella, poniendo los pies
en el suelo.

—Lo sé. Tú tienes tu trabajo y también a tu madre —la agarró de la mano—. Yo entiendo que tu madre te necesita, pero no las tengo todas conmigo
respecto a lo de tu trabajo, sobre todo después de
haber visto a tu jefe.

—Oh, no empieces con eso de nuevo —dijo ella,
tirando de la mano.

Él la agarró con más fuerza.

—Sólo quiero que entiendas que siempre espero
lealtad absoluta de la persona con la que estoy, y
doy lo mismo a cambio.

—¿Y de dónde sacaría tiempo para serte infiel,
suponiendo que estuviera interesada? —le preguntó
ella con sarcasmo.

Él la miró fijamente durante unos segundos y
entonces se puso en pie y la estrechó entre sus brazos.

—Tú siempre tienes respuestas para todo, Sally,
pero yo sé cómo hacerte callar —le dijo y tomó sus
labios.

Ella se entregó a sus besos con fervor, sucum-
biendo a sus propios instintos.

—Eso ha sido… —dijo cuando por fin la soltó.
Tenía la cara ardiendo y las pupilas dilatadas.

«Dios mío, ¿qué pensarán los demás clientes?»,
se preguntó, avergonzada.

–Perfecto. Te hice callar, ¿no? –le dijo él. Pagó la cuenta, la tomó de la mano y la llevó hacia el coche.

La brisa de la tarde era una bendición que calmaba el ardor de la piel. Antes de subir al vehículo, Sally se detuvo, respiró hondo y miró a su alrededor.

–¿Tenemos que irnos ya? –le preguntó, contemplando el hermoso paisaje por última vez–. He pasado todo el día enterrada en el sótano del museo, y me gustaría dar un paseo por la playa.

–Claro –dijo él, agarrándola de la mano y echando a andar rumbo hacia la cala.

El sol era un círculo de fuego en el horizonte y la luna ya empezaba a asomarse por encima del acantilado opuesto; un glorioso espectáculo cuyo esplendor ningún artista podría jamás captar en el lienzo.

Sally se estremeció. La brisa fresca del mar había hecho bajar el termómetro.

Sin decir ni una palabra, Zac se quitó el jersey y se lo puso alrededor de los hombros.

–No, quédatelo –dijo ella–. Tú estás acostumbrado a un clima mucho más cálido. Lo necesitas más que yo.

Él se echó a reír.

–Sally, tu preocupación me conmueve, pero no es necesario –le puso el brazo sobre los hombros para que no pudiera quitarse el jersey–. No creo que sienta frío contigo a mi lado. Aquí o en cualquier otro lado.

Sally lo miró fijamente y trató de leer la enigmática expresión de su rostro, pero fue inútil.

–Supongo que, comparado con Italia y con todos esos lugares en los que has estado, esto no es nada del otro mundo.

–Bueno, créeme cuando te digo que sí lo es. Es un sitio excepcional –dijo él, aproximándose a la orilla–. Pero tienes razón. Desde mi casa de Calabria hay una vista preciosa de la costa del sur de Italia.

–¿Es ahí donde vives?

–Tengo una casa en esa zona, sí, pero suelo pasar la mayor parte del tiempo en mi apartamento de Roma. Allí está la sede de la empresa –añadió mientras caminaban al borde del mar–. De momento me estoy alojando en mi apartamento de Londres.

–¿Tienes un apartamento en Londres? –le preguntó ella, llena de curiosidad. Hasta ese momento había pensado que se estaba hospedando en un hotel de cinco estrellas.

–Sí. Tengo un apartamento en un bloque de pisos que compré hace algunos años. Suelo comprar edificios de viviendas en diversos lugares y casi siempre me quedo con uno de los apartamentos. También tengo casas en Nueva York, Sidney, y también en Sudamérica. Me he dado cuenta de que el negocio de los edificios de viviendas es mucho mejor que montar hoteles. No hace falta tanta organización, se necesita menos personal y también se reducen costes.

–Muy bien –dijo ella, recordando de pronto con quién estaba.

Zac Delucca era un magnate en toda regla; un

millonario sexy que muy pronto se cansaría de su último juguete.

–Te puedo enseñar mi apartamento mañana por la noche, si quieres.

–Muy bien –dijo ella y entonces se detuvo–. Lo siento. Se me ha escapado.

–No tienes que disculparte. Ahora que sé por qué lo dices tanto me gusta oírte decirlo –sonriendo, le apartó el pelo de la cara y le dio un beso cariñoso.

Ella se estremeció.

–Tienes frío. Nos vamos –dijo.

Sally sintió un gran alivio. Por suerte no había entendido su reacción.

Zac Delucca le llegaba al corazón con una facilidad asombrosa; tanto así que ya empezaba a tener miedo. El sexo con él era maravilloso, pero no quería sentir nada más por un hombre así, por mucho que su pasado fuera distinto de lo que había esperado.

–¿Sally?

Ella oyó su voz cálida y abrió los ojos.

–Ya estamos de vuelta.

–Oh… –se había quedado dormida, con la cabeza apoyada sobre el brazo de Zac y la mano sobre uno de sus muslos–. Lo siento. No quería dormirme –añadió, incorporándose y quitando la mano con rapidez.

Él esbozó una media sonrisa.

–Me ha gustado mucho que me acariciaras el

muslo, pero creo que ha afectado un poco a mis habilidades al volante.

–Yo no... ¿De verdad? –exclamó ella, algo avergonzada.

Él se rió a carcajadas.

–Nunca lo sabrás, Sally. Vamos. Estás cansada. Tienes que meterte en cama.

Bajó del coche y rodeó el capó del coche mientras ella intentaba contener los acelerados latidos de su corazón.

¿Acaso pensaba acostarse con ella de nuevo?

Zac abrió la puerta del pasajero y le extendió una mano. Ella la aceptó y bajó a la acera.

Él la observaba con una expresión difícil de descifrar.

–Gracias por esta velada tan agradable –le dijo y, sin soltarle la mano, fue con él hasta el recibidor del bloque de apartamentos–. ¿Sabes que no puedes aparcar ahí? –le dijo un momento después, retirando la mano–. Te van a poner o una multa, o peor. Igual se lo lleva la grúa. No hace falta que me acompañes –le dijo, tratando de sonar convincente.

–Sí, sí que hace falta –le dijo suavemente y entonces le dio un beso largo y apasionado.

–¿Y qué pasa con el coche?

Él le rodeó los hombros con el brazo y la condujo al ascensor.

–Que me pongan la multa, que se lo lleven... Pueden hacer lo que quieran con él. Yo... –iba a decir que no podía estar ni un minuto sin ella, pero guardó silencio–. Insisto en acompañarte hasta la puerta de casa.

Las puertas del ascensor se abrieron y él se detuvo un instante.

A lo mejor era el momento apropiado para marcharse…

Y entonces la vio mirarle por encima del hombro, con un interrogante en los ojos.

Sujetó las puertas del ascensor para que no se cerraran y entró detrás de ella.

—Dame la llave —las tomó de sus manos, abrió la puerta del apartamento, entró detrás de ella…

Y antes de que la joven pudiera decir una palabra, la tomó en sus brazos y la besó con idolatría, deleitándose con el sabor de su boca embriagadora.

Unos instantes más tarde, Sally miró aquellos ojos oscuros que la tenían embelesada.

—¿Quieres un café? —le preguntó con un hilo de voz, consciente en todo momento de la fuerza de su erección contra el abdomen.

Él deseaba algo, pero no era un café.

—No, sólo quiero quitarte la ropa —le dijo él, sonriendo, y entonces empezó a desabrocharle los botones del vestido uno a uno.

Y ella le dejó hacerlo.

No tenía sentido resistirse, y tampoco quería hacerlo. Un torbellino de excitación burbujeaba en su interior, como una copa del champán más exquisito.

Él la agarró de la cintura, le aflojó el cinturón y le bajó el vestido hasta que por fin cayó a sus pies.

—Y también quiero meterte en cama —añadió, besándola en el cuello al tiempo que le quitaba el sujetador–. Mucho mejor así –dijo, besando sus turgentes pezones.

Deslizó las manos por dentro de sus braguitas de encaje y se las bajó hasta las caderas.

–Oh… –exclamó ella, soltando el aliento.

Se arrodilló delante, la despojó de las sandalias una a una y entonces terminó de quitarle la ropa interior.

–Exquisita –dijo él.

Antes de que Sally supiera lo que se traía entre manos, la agarró de la cintura, besó su vientre plano y siguió bajando hasta su entrepierna.

–¡No! –ella trató de apartarse.

–Tienes razón. No estás lista para lo que tenía en mente –se puso en pie y, tomándola en brazos, la llevó a la cama.

Apartó las mantas, la tumbó sobre la cama y la arropó con suavidad.

Ella lo miró con ojos perplejos.

¿Acaso no iba a acostarse a su lado?

–Parece que, después de todo, no estoy hecha para ser amante, ¿no?

Él guardó silencio, pero la miró con una extraña expresión en el rostro; solemne y seria.

Desde luego eso era lo que él pensaba. ¡Ojala nunca hubiera hecho ese trato con ella y estuvieran teniendo una relación convencional!

–Éstos son los números a los que puedes llamarme a cualquier hora y en cualquier momento –le dijo, sacando una tarjeta de su billetera–. El último es el número de mi móvil privado –puso la tarjeta sobre la mesilla.

–No es necesario. Ya sabes dónde encontrarme –dijo Sally, sin saber qué había ocurrido en los últimos segundos.

Zac había dejado de arder en deseo en un abrir y cerrar de ojos, y su mirada se había vuelto fría y distante.

–Yo decido lo que es necesario o no –le dio un beso tierno y le deseó buenas noches–. Duérmete, Sally. Conozco la salida… Te veo mañana.

Capítulo 10

A LA tarde siguiente Sally volvió a sentir un vuelco en el estómago al salir del trabajo. Zac estaba esperándola de nuevo, impecablemente vestido con un traje de negocios de color oscuro y una camisa blanca.

–Por fin –dijo, subiendo los peldaños hacia ella–. Llegas tarde –puso las manos sobre sus mejillas y le dio un beso.

Sin aliento, ella dio un paso atrás y se tropezó con Charles, que iba justo detrás. Éste la sujetó.

–Cuidado, *cara* –dijo Zac, atrayéndola a su lado y sonriendo–. Podrías hacer que este hombre se hiciera una idea equivocada.

El jefe de Sally lo miró con ojos perplejos.

–Usted debe de ser el jefe de Sally, Charles –dijo Zac–. Ella me ha hablado mucho de usted. Es un placer conocerle –le extendió una mano.

Estupefacta, Sally miró al uno y al otro.

Charles estrechó la mano de Zac de forma automática y miró a su compañera con una expresión de sorpresa.

–¿Te encuentras bien, Sally? ¿Conoces a este hombre?

Antes de que pudiera abrir la boca, Zac la interrumpió.

–Oh, sí. Me conoce muy bien. ¿No es así, cariño?

Ella se sonrojó hasta la médula y deseó darle una bofetada.

–Éste es Zac Delucca, Charles. Hace poco que nos conocemos –dijo con reticencia.

–Los ingleses sois muy reservados. Sí, hace poco que nos conocemos –dijo Zac, mirándola de reojo–. Pero en mi país diríamos que somos amantes.

–Pues aquí no somos tan explícitos –dijo Charles, sosteniendo la arrogante mirada de Zac–. Y, aunque no sea asunto mío, Sally es un miembro imprescindible en mi equipo y también una buena amiga, así que mejor será que cuide bien de ella –miró a Sally y sonrió–. Espero que tu madre se encuentre bien. Bueno, te veo el lunes. Adiós –se despidió con un gesto y siguió su camino.

Sally lo vio marcharse y entonces reparó en una enorme limusina de color negro que estaba aparcada al otro lado de la calle, lo cual la hizo enfurecer aún más.

Se quitó el brazo de Zac de encima y echó a andar.

–¿A qué demonios estás jugando? Me prometiste que nadie sabría lo nuestro, pero te presentas aquí en mi trabajo como…

–¿Como un animal marcando su territorio? –le dijo él, riendo–. ¿Y qué esperabas, Sally? –la agarró del codo y la condujo hacia la limusina.

El chófer les abrió la puerta y ella no tuvo más remedio que subir.

–Yo sólo me comprometí a no decirles nada a tus padres –le dijo, agarrándola de la barbilla y obligándola a mirarlo a los ojos–. Aunque quiera salvaguardar mi privacidad, no quiero tratar esto como si fuera un sórdido secreto. Y en cuanto a tu jefe, sé que te desea, y yo soy un hombre muy posesivo. Me gusta cuidar lo que es mío. Sólo trataba de lanzarle una advertencia y normalmente la forma más simple es la más efectiva. Deberías tomártelo como un cumplido –le dijo, escandalizado.

–Eres increíble –dijo ella, sacudiendo la cabeza.

–Eso me han dicho –murmuró él.

De pronto le empezó a sonar el móvil.

–Si me disculpas… –dijo, sacándolo del bolsillo rápidamente–. Tengo algunas llamadas que hacer, algunos negocios que cerrar…

Sin esperar contestación alguna, comenzó a hablar en italiano a toda la velocidad con la persona que estaba al otro lado de la línea.

Fascinada, Sally le observó hablar en su idioma durante el resto del viaje, hasta que el vehículo se detuvo por fin.

–¡Estamos en un garaje subterráneo! –exclamó, mirando a su alrededor.

El chófer le abrió la puerta y ella bajó del coche.

–Muy lista, *cara* –dijo Zac con una sonrisa, bajando también–. Te dije que te enseñaría mi apartamento, ¿recuerdas?

El chófer esbozó una sonrisa cómplice y Sally se ruborizó.

Un cuarto de hora más tarde estaba en medio de un enorme dormitorio; uno de los tres que tenía aquel lujoso ático.

La cama de matrimonio era tan grande como una pequeña pista de baile y el cabecero forrado en cuero marrón estaba lleno de botones e interruptores que representaban todo un misterio para Sally; tanto así que parecía la cabina de mandos de un avión.

Sin embargo, el resto de habitaciones no se quedaba atrás. La cocina parecía sacada de una película de ciencia ficción y el salón principal estaba decorado en acero, cristal y cuero negro. Pero eso no era todo. Desde el comedor se podía disfrutar de una vista fantástica del río Támesis.

—Bueno, ¿qué te parece la casa? —le preguntó Zac de repente, agarrándola de la cintura por detrás.

—Es muy moderno —dijo ella—. Perfecto para un soltero —añadió.

Él la besó en todo el cuello y trazó la curva de su oreja con la lengua, desencadenando así una reacción que ella no era capaz de ocultar. De repente le temblaba todo el cuerpo y no tenía sentido resistirse.

Entonces él abarcó sus pechos con las palmas de las manos y comenzó a acariciarle los pezones a través del fino algodón de la camiseta que llevaba puesta.

—¿Te gusta? —le preguntó, rozándole el cuello con los labios.

—Sí —susurró ella.

Él la hizo darse la vuelta, le sacó la camiseta y la despojó del sostén.

–Me dejas sin aliento, Sally –le dijo, contemplando su desnudez y acariciándole los pezones hasta hacerlos endurecer.

–Mm… –dijo ella, gimiendo.

Y entonces él tomó el turgente pezón entre los labios y la besó con una erótica destreza que la embelesaba por completo.

Un segundo después, la agarró de la cintura y, tras quitarle la falda, la tomó en brazos, le sacó las braguitas y la colocó suavemente sobre la cama.

–Llevo dos días esperando este momento, y ya me está matando –dijo él, devorándola con la mirada.

Sally le observó mientras se quitaba la ropa y se deleitó una vez más con el vigor de su esplendoroso cuerpo, bronceado y viril.

Él se recostó junto a ella y deslizó una mano sobre su pecho y vientre hasta llegar a la entrepierna. Ahí se detuvo y buscó su sexo húmedo con los dedos, haciéndola estremecerse de gozo.

Un momento después rodó hasta ponerse sobre ella, tomó sus labios con un beso fiero y empezó a mordisquearle un pezón hasta hacerla gemir con todas sus fuerzas.

Entonces se deslizó entre sus piernas y la hizo suya una vez más, llevándola a un sitio fuera del espacio y del tiempo.

Sally perdió toda noción de la realidad y terminó tumbada sobre su pecho, vibrando con los temblores del delirio sexual.

–Lo necesitaba –susurró él con la voz ronca–. Ha sido increíble –añadió, acariciándole los muslos–. Eres increíble, Salmacis.

–Ya te lo advertí. No contesto cuando me llaman por mi nombre de pila –murmuró–. No tienes ni idea de lo embarazoso que es cuando me presentan a gente y tengo que explicar de dónde viene una y otra vez –dijo, esbozando una lánguida sonrisa de felicidad.

–¡Pero me has contestado! –dijo él–. Entiendo que puede ser un problema. No lo usaré en público, pero cuando hacemos el amor pienso en ti como Salmacis. Sin embargo, en esos momentos lo último en lo que pienso es en pedirte explicaciones –le dijo, riendo a carcajadas.

–Eres incorregible –dijo ella, sonriendo de oreja a oreja y admirando su bello rostro.

¿Cómo había sido capaz de pensar alguna vez que no era apuesto?

Zac Delucca era absolutamente impresionante.

–Quizá, pero ahora mismo soy insaciable –dijo y volvió a despertar su libido explorando su cuerpo con sutileza y destreza.

Cuando separó sus suaves muslos, la encontró húmeda y dispuesta.

–Y me parece que tú también –dijo y comenzó a descender sobre ella, besando cada centímetro de su piel hasta llegar al centro de su feminidad.

Una vez allí, empezó a lamer sus pétalos más íntimos, haciendo despertar cada célula de su sexo.

De repente se detuvo un instante y entonces ella le tiró del pelo, pidiéndole más.

–Ahora estás lista para esto, mi dulce Salmacis.

Lo que hizo después la hizo perder la razón por completo. Su cuerpo se tensó hasta extremos insospechados y finalmente explotó en una lluvia de fuegos artificiales que la recorrían por dentro.

–¿Y qué pasa contigo? –murmuró, cuando por fin pudo volver a respirar con normalidad–. No has… –dijo, sintiendo su potente miembro contra el muslo.

–Oh, lo haré.

Cubrió sus labios con un beso apasionado. La agarró de las caderas y entró en ella con embestidas largas y profundas, llenándola con un poder que, una vez más, la llevó al clímax del éxtasis y la mantuvo allí durante un instante fugaz.

Ella gritó con todo su ser.

–Por favor, Zac, por favor… Ahora –contrajo los músculos internos alrededor de su miembro duro y palpitante, y juntos galoparon hacia un orgasmo rabioso y extraordinario.

Un rato más tarde, Sally yacía sobre su pecho, saciada y sosegada. No sabía cuánto tiempo llevaba así, apoyada sobre él, escuchando cómo se aminoraba el ritmo de su corazón.

Sonrió para sí misma, deleitándose con el placer de observarle en secreto. Levantó un dedo y trazó el contorno de su mandíbula, pómulo, cejas…

Cicatriz.

El dedo de Sally se detuvo un instante sobre la marca.

¿Cómo se habría hecho esa herida?

Él abrió los ojos en ese momento.

–Pensaba que estabas dormido –dijo ella.

–No, sólo disfrutaba de tus caricias. Sigue, mi querida Salmacis.

—¿Cómo te hiciste esto?

—En una pelea cuando era un adolescente.

—Eso no me sorprende nada, aunque sí me sorprende que alguien haya sido capaz de herirte —sonrió—. ¿Quién fue?

—No recuerdo su nombre. Fueron tantos.

Sally se quedó muy intrigada.

—¿Quieres decir que te metías en tantas peleas que no recuerdas por qué te metías? Eso es horrible.

—No. Yo… Fui luchador profesional hasta los veinte años. Así hice el dinero suficiente para empezar mi negocio.

Ella lo miró con ojos de asombro.

—Eres increíble, Zac —le dijo, realmente impresionada.

—Gracias —dijo él con una sonrisa traviesa—. Tú tampoco te quedas corta —añadió y le dio un beso, acariciándole el cabello—. Adoro tu pelo.

El corazón de Sally se saltó un latido.

Deseaba sentirse adorada en cuerpo y alma, idolatrada por él.

Si tan sólo hubiera dicho «te adoro»…

Una auténtica locura.

Habían hecho el amor durante horas y su buen juicio había resultado afectado. En realidad ella no quería que Zac la amara, porque no creía en el amor. Y sin embargo…

—Gracias —respondió finalmente, esperando que Zac no se hubiera dado cuenta de su pequeña vacilación.

Sacudió la cabeza y le hizo apartar la mano de su cabello.

–Bueno, ¿qué tiene que hacer una chica para que le den de comer por aquí? –le preguntó, con un toque de buen humor. El estómago le sonaba sin cesar.

–De acuerdo, he captado la indirecta –Zac la levantó por la cintura y la puso sobre la cama–. Y ya lo has hecho. Muy bien, por cierto –le dijo con una sonrisa maliciosa–. ¿Qué te apetece? ¿Carne? ¿Pescado? Lo que quieras.

–Pescado, pero, ¿sabes cocinar?

–Sí –dijo él, sentándose al borde de la cama de espaldas a ella–. Pero no tengo intención de hacerlo.

Se inclinó hacia el cabecero de la cama e hizo uso del teléfono integrado para hacer un pedido de comida.

–Tenemos cuarenta minutos hasta que llegue la comida –le dijo, colgando el auricular–. Suficiente para darnos una ducha juntos –la cargó en brazos y la llevó al cuarto de baño.

Un rato más tarde, después de un apasionado encuentro sexual bajo los chorros de la ducha, Sally se miró en el espejo del baño y sonrió.

Zac había salido un momento antes para buscar la comida.

Tenía las mejillas rojas, los labios hinchados y algún que otro arañazo en los pómulos, por culpa de la barba de medio día que ya empezaba a asomar en la barbilla de Zac.

El reflejo mostraba a una mujer saciada y feliz, pero hecha un desastre.

Miró a su alrededor. A lo mejor él tenía un cepillo con el que domar su salvaje melena pelirroja.

Abrió un compartimento de una estantería y se topó con todos los productos que cabía encontrar en el cuarto de baño de un hombre; nada fuera de lo común excepto…

Un frasco medio lleno de un perfume de mujer, unas cuantas horquillas para el cabello, un coletero…

«Margot…».

Sally se desplomó en una silla y contuvo la respiración un instante. Lágrimas amargas amenazaban con desbordarse en cualquier momento.

¿Pero por qué estaba llorando? ¿Por qué?

La respuesta la había tenido ante sus ojos todo el tiempo, pero se había negado a admitirlo.

Estaba enamorada de Zac, enamorada…como una idiota.

Sin embargo, a diferencia de su madre, ella no se iba a convertir en el juguete de nadie.

Rápidamente se recogió el pelo, se hizo una coleta con la banda elástica que había dejado la amante anterior y entonces se miró en el espejo una vez más. La expresión de su rostro se había vuelto seria y fría en un abrir y cerrar de ojos.

Regresó al dormitorio, se vistió y salió por la puerta sin mirar atrás.

Capítulo 11

ZAC se volvió al verla entrar en el comedor.

—Te has vestido. Pensaba que sólo ibas a ponerte un albornoz. O al menos eso era lo que esperaba —le dijo, sonriente.

—Nunca pensé… —dijo ella, tratando de fingir una sonrisa—. Esto huele deliciosamente —añadió, contemplando los manjares que acababan de llegar del restaurante—. Me muero de hambre —dijo, cuando en realidad era todo lo contrario.

—La cena está servida, mi señora —le hizo una reverencia, le apartó una silla y, después de verla acomodada en su asiento, abrió la botella de champán, sirvió las copas y propuso un brindis—. ¡Por nosotros! ¡Por que duremos mucho!

No sin reticencia Sally bebió un sorbo.

—Por nosotros —repitió, obligándose a sonreír aunque en realidad quisiera enderezarle la nariz de otro puñetazo. Por mucho que quisiera desquitarse, no podía olvidar que había hecho un trato y que la felicidad y el bienestar de su madre estaban en juego.

La comida tenía muy buen aspecto, pero tuvo que hacer un gran esfuerzo para comer algo. Había perdido todo el apetito.

–He estado pensando, Sally... –dijo él de repente, bebiendo más champán.

La joven levantó la vista y lo miró desde el otro lado de la mesa.

–Deberíamos renegociar nuestro acuerdo y hacerlo más íntimo.

Ella estuvo a punto de ahogarse con el champán.

¿Acaso se había vuelto loco?

–Sé que tenemos un trato, y tú me has dejado muy claro cuáles son tus requisitos, pero yo quiero cambiarlos, por el bien de los dos. Me gustaría que te vinieras a vivir conmigo –le dijo en un tono parecido al que usaba cuando cerraba negocios en una sala de juntas.

Sally lo miró en silencio, anonadada.

–Ya sabes que el sexo entre nosotros es increíble, pero tienes que admitir que, por muy acogedor que sea tu apartamento, la cama es un poco pequeña, sobre todo para mí –se encogió de hombros–. Aquí, en cambio, tenemos mucho espacio y tú podrías disfrutar de todas las comodidades que el dinero puede comprar. Además, yo soy un hombre muy ocupado. Tenía pensado tomarme unas vacaciones de varias semanas, pero tengo que ocuparme de un proyecto que no está yendo como esperaba, así que tendré que viajar un poco. Me sentiría mucho mejor sabiendo que vives aquí. Sería mucho más seguro para ti.

Sally le escuchaba y su rabia crecía por momentos.

–Piénsalo, Sally. Todos tus problemas financieros quedarían resueltos de un plumazo. Ya no tendrías que comprar vestidos de segunda mano, sino que irías a las mejores boutiques de la ciudad –le dijo y entonces tuvo el descaro de esbozar una sonrisa de plena satisfacción.

La joven bajó la cabeza y contó hasta tres, intentando ocultar el fuego que rugía en sus pupilas.

–¿Sally? ¿Qué me dices?

Lentamente, ella levantó la cabeza.

–No –dijo sin más. Se levantó de la silla y miró su reloj de pulsera de forma deliberada.

–¿Así, sin explicaciones? ¿Simplemente «no»?

Sally lo taladró con una mirada.

–Eso es. Hicimos un trato. Yo mantengo mi palabra y tú dijiste que eras un hombre de palabra, así que espero que cumplas con lo acordado.

Zac la miró con ojos agudos.

–Espera un momento. ¿Qué es lo que ha pasado? –le preguntó, visiblemente confundido.

–¿Hemos pasado horas disfrutando de un sexo increíble y tu primera reacción es negarte a mi sugerencia? –se terminó la bebida, se levantó de la mesa y le puso las manos sobre los hombros–. No veo cuál es el problema. Es una broma, ¿verdad? –le preguntó, frunciendo el ceño con preocupación.

–No, no lo es –dijo ella en un tono seco.

Él creía que podía comprar a cualquiera con dinero, pero ella no era de esa clase de mujeres.

–Ya casi es medianoche, y el sábado es mi día libre, por si lo has olvidado. Tengo que llamar un taxi e irme a casa.

Él la miró con furia en los ojos.

—No hace falta que llames un taxi. La limusina puede llevarte…

Ella se rió con sarcasmo, interrumpiéndole.

—No, gracias. Ya vi la miradita que me echó el conductor cuando llegué —le dijo en un tono corrosivo—. No necesito que repita el numerito. Prefiero llamar un taxi.

Zac se quedó inmóvil, sin decir ni palabra. Estaba confuso.

—Creo que ya entiendo por qué te has negado a vivir aquí —la miró con los ojos llenos de arrogancia—. Te preocupa qué dirá la gente si se enteran de que vives en mi casa; una preocupación anticuada y ridícula en esta época. Y en cuanto al conductor… Si no te gusta, se le puede buscar un sustituto.

—¡Me dejas atónita, Zac! Todo el mundo te da igual. Sólo te preocupas por ti mismo. Siempre y cuando consigas lo que quieres, te trae sin cuidado lo que nos pase al resto de los mortales —sacudió la cabeza y lo miró con desprecio y odio—. Tratas a las personas como si fueran marionetas dispuestas a hacer tu voluntad. Quédate con tu conductor y con tu apartamento. A mí no me importan ni ellos ni tú.

—Hace un rato estabas muy contenta en mi cama, y también estabas más que dispuesta a hacer mi voluntad —declaró con una sonrisa mordaz—. Sólo tengo que tocarte y volverás a estarlo. Pero, te lo advierto, si esta negativa es sólo una estratagema para conseguir lo que busca la mayoría de las mujeres, un anillo de boda, entonces estás perdiendo el tiempo.

—¡Oh, por favor! —exclamó ella, insultada. Las mejillas le ardían de rabia—. No te engañes. No me casaría contigo ni con ningún otro hombre por nada del mundo. Sólo estoy aquí por culpa de mi padre —le espetó con ánimo de herirle—. Los dos sois de la misma calaña. De hecho él me dijo que fuera amable contigo, así que ya puedes imaginarte qué clase de hombre es capaz de aconsejarle a su propia hija que se porte bien con... —se echó a reír con ironía—. ¿Y qué clase de jefe se aprovecha de la situación?

—Yo no soy como tu padre —dijo él; su rostro cada vez más sombrío—. Y a ti te gusté desde el primer momento. Prácticamente te derretiste en mis brazos cuando te di el primer beso, igual que yo.

Sally apretó los labios.

—Hice un trato con mi padre. Le prometí que lo apoyaría y que sería amable cuando me llamaras. A cambio él se comprometió a acompañarme el fin de semana a ver a mi madre, algo que rara vez hace. Ése fue el motivo por el que me encontraste en su despacho aquel día. Había ido a convencerlo para que me acompañara a la residencia. Pero ambos sabemos que no funcionó —dijo con una mueca—. Tuve que negociar para lograr que fuera a verla y lo hice porque, por alguna extraña razón, mi madre lo quiere, y lo echa de menos. Sólo Dios sabe por qué. Y ésa es la primera razón por la que accedí a tu propuesta. Y la segunda razón es que no quiero que mi padre vaya a la cárcel, no por él, sino por mi madre. Sólo quiero verla feliz. Te pedí tiempo para reunir el dinero, pero tú no quisiste dármelo. Bueno, ahora no estoy dispuesta a perder ni un minuto de mi tiempo libre contigo. Me voy. Mañana por la mañana recogeré a mi padre a las nueve para asegurarme de que mantiene su palabra. Y en cuanto a ti y a mí... –añadió, fulminándolo con la mirada–. Ya sabes dónde y cuándo encontrarme, tal y como está especificado en los términos del acuerdo –Sally trató de no temblar bajo aquella mirada que le abrasaba la piel.

Zac la miraba con ojos iracundos e implacables.

De repente, dejó caer los brazos a ambos lados del cuerpo, dejándola libre.

El silencio, incómodo y tenso, pesaba entre ellos.

Un momento después dio media vuelta, descolgó el teléfono y pidió un taxi.

–Tienes razón. Tal y como has señalado, ya casi es sábado –le dijo en un tono de máxima indiferencia a la vez que regresaba junto a ella.

La joven sintió ganas de retroceder unos pasos, pero no quiso dejarse amedrentar por su imponente presencia.

–El taxi llegará dentro de cinco minutos –de pronto estiró el brazo, le quitó el coletero y enredó los dedos en su roja melena rizada.

–Eres una mujer inteligente, Sally, pero creo que has encontrado la horma de tu zapato.

La agarró de la cintura con un gesto brusco y, apretándola contra su propio cuerpo, la besó con furia y fuego.

Sally trató de resistirse y de luchar contra él, pero todo intento fue en vano. Su corazón latía desbocado y sus uñas se clavaban en aquel pecho fornido que la hacía enloquecer.

Indefensa, se inclinó sobre él y sucumbió a sus caricias, respondiendo con la misma intensidad.

Un momento más tarde, él levantó la cabeza y le dirigió a ella una mirada sarcástica.

–¿Lo ves, Salmacis? –le dijo en un tono burlón–. Puedes echarle la culpa a tu padre, o inventar todas las excusas que quieras, pero lo cierto es que me deseas tanto como yo a ti. Algún día tendrás que admitirlo y, cuando por fin lo hagas, llámame. Tienes todos mis números –añadió con insolencia.

Mortificada y enojada consigo misma, Sally se zafó de él y le atravesó con la mirada. En sus ojos se libraba una lucha encarnizada entre el deseo y el desprecio.

–Eso no va a ocurrir jamás.

En ese momento, sonó el intercomunicador. El taxi había llegado.

Zac la acompañó a la puerta del edificio sin decir ni una palabra.

–Mañana me voy a Italia. A lo mejor volvemos a vernos algún día –le dijo a través de la ventanilla–. Tú elijes –dio media vuelta y no miró atrás…

Zac Delucca medía casi un metro noventa, pero en ese momento se sentía como si hubiera encogido medio metro. Fue hacia el mueble-bar, se sirvió una copa de whisky y se la bebió de un trago. Estaba furioso con ella, pero mucho más consigo mismo.

Fue hacia el espejo y se miró en él, pero no le gustó lo que vio. ¿Cuándo se había convertido en un cínico implacable capaz de confundir a una joven trabajadora e inocente con una cazafortunas?

Se había comportado de forma despreciable al exigirle que se convirtiera en su amante; algo que jamás había hecho y que no volvería a hacer en toda su vida. Sin embargo, ella era capaz de hacerle perder la cabeza como ninguna otra mujer. Y así, cegado por la lujuria y los celos, había actuado movido por un impulso que no era en absoluto propio de él.

La había tratado de la peor manera posible y ya no había nada que hacer. Si ella realmente creía todo lo que le había dicho, entonces tenía que dejarla marchar. Su orgullo propio y su dignidad como hombre no le permitían hacer otra cosa.

Se sirvió otra copa de whisky y trató de convencerse de que no la necesitaba. El mundo estaba lleno de mujeres bellas dispuestas a caer rendidas a sus pies.

Para cuando se terminó la copa, ya se lo había creído por completo.

Al día siguiente, volvería a Italia y se olvidaría de una vez y por todas de Sally Paxton. Además, en Milán lo esperaba la hermosa Lisa, como siempre…

Sally abrió la puerta de su apartamento y se

obligó a entrar. Zac le había dicho que quizá volvieran a verse algún día, pero ella sabía que ése había sido el último «adiós». Sin embargo, eso era lo que ella deseaba; terminar con aquella disparatada aventura que se había visto obligada a aceptar.

Se desvistió, se metió en la cama y se tapó hasta las orejas. ¿Por qué se sentía tan mal si era eso lo que verdaderamente quería?

Una pregunta sin respuesta.

Cerró los ojos e hizo un esfuerzo por dormir. Al día siguiente iba a visitar a su madre, con su padre.

«Misión cumplida…», se dijo a sí misma.

La primera vez que había visto a Zac tenía un objetivo que alcanzar y por fin lo había logrado.

Pero no era capaz de sentir nada, ni alegría, ni tristeza ni nada de nada; sólo un vacío que crecía en su interior.

A la mañana siguiente, con los ojos hinchados y doloridos de llorar, arrastró los pies hasta la ducha y trató de borrar todo rastro de él.

Cinco horas más tarde, estaba entrando en la habitación de su madre en la residencia. Y ella parecía tan feliz… Su padre había cumplido la promesa y eso bastaba para alegrarle el día.

Después de pasar un rato con su madre, se disculpó y les dijo que tenía que hacer unas compras en Exeter. Su padre no dejaba de quejarse de su nuevo puesto en la empresa y Sally no podía soportar tanto cinismo.

–Oh, Nigel, debe de ser muy difícil para ti –dijo Pamela, la madre de Sally, con los ojos llenos de amor hacia el adúltero de su marido.

—Ahora tengo que hacer el doble de trabajo por el mismo sueldo, pero he decidido jubilarme dentro de un año, y así podré venir a verte más a menudo —le dijo su marido, haciendo alarde de crueldad e hipocresía.

Sally sintió ganas de gritar.

Mentiras, nada más que mentiras...

Su padre sabía que ella no iba a durar más de un año. El propio médico se había puesto en contacto con él para informarle de que el corazón de su esposa no aguantaría más de unos meses, pero eso a él le traía sin cuidado.

Sally agarró el bolso y se marchó. No soportaba verla hacerse ilusiones que nunca llegarían a ser realidad.

Capítulo 12

EL domingo por la tarde Sally llegó por fin a su apartamento y, nada más entrar, comprobó el contestador.

Nada.

Aunque no quisiera reconocerlo todavía albergaba la esperanza de recibir una llamada de él.

«Qué patético», se dijo a sí misma.

Era mejor que él hubiera vuelto a Italia. Así no tendría que topárselo por la ciudad.

Sin siquiera molestarse en quitarse la ropa se metió en la cama y trató de ahuyentar los pensamientos que la atormentaban. En teoría, el trato seguía vigente y él podía presentarse en su casa en cualquier momento de lunes a viernes. Pero ella sabía que no lo haría. Y era mejor así porque en el fondo no lo amaba y jamás lo haría.

Se secó las lágrimas que corrían por sus mejillas con la palma de la mano.

¿Y qué importancia tenía sufrir durante unos cuantos días y pasar algunas noches en vela? Sin duda era mucho mejor que soportar toda una vida con el corazón roto.

Una semana más tarde, seguía sin tener noticias de Zac, pero cada día se le hacía más difícil desterrarle de su mente. Por la noche, cuando estaba sola en la cama, revivía toda la pasión que habían compartido, todo el placer exquisito que él la había hecho sentir. Y cuando lograba dormir, siempre soñaba con él, con su bello rostro, sus caricias…

El viernes, dos semanas después del último encuentro con Zac, su amiga Jemma, al verla tan pálida y demacrada, le propuso salir al cine y a cenar. Sally no tenía muchas ganas, pero terminó aceptando y finalmente consiguió disfrutar un poco de la película.

Sin embargo, al día siguiente, al llegar a la residencia de su madre, se encontró con unas noticias que no hicieron más que empeorar sin remedio su estado ánimo. El médico le dijo que había tratado de localizarla en el móvil en varias ocasiones y que su madre había sufrido un infarto, lo cual le había provocado un coma profundo. El personal de la residencia había hecho todo lo posible por ella dentro de la gravedad de su estado, y también le habían avisado a su padre, pero él no había llegado todavía.

Al final Nigel Paxton sí fue a ver a su esposa; una hora después de su muerte…

Los seis días previos al entierro fueron los peores en toda la vida de Sally hasta ese momento. Devastada por la muerte de su madre, la joven pasó las horas llorando sin parar, dando vueltas en la cama y añorando los cálidos brazos de Zac.

Cómo lo necesitaba a su lado.

El funeral se celebró un caluroso día de julio en la iglesia de Bournemouth, donde su madre había sido bautizada. La ceremonia fue breve y los asistentes apenas sumaron unas cincuenta personas, incluyendo al médico y a una enfermera de la residencia, además de viejos amigos y vecinos. Al y sus padres también la acompañaron en esos momentos tan difíciles y Sally les agradeció mucho su apoyo. Sin embargo, en lo profundo de su corazón hubiera deseado tener a Zac a su lado.

Pamela Paxton fue enterrada en el panteón de sus padres y la recepción se celebró en un hotel. Sally y su padre habían reservado habitaciones para esa noche. Nigel, por su parte, puso en práctica sus mejores dotes artísticas e hizo el papel del viudo compungido a la perfección durante las cuatro horas que duró la reunión de familiares y amigos.

Harta de soportar su falsedad, su hija decidió no cenar con él y procuró retirarse a su habitación lo antes posible.

—Te ha dejado esto —le dijo él a la mañana siguiente, entregándole el joyero de su madre—. Puedes comprobarlo con el abogado, si quieres, pero todo su dinero me lo ha dejado a mí. Y en cuanto al estudio, puedes quedarte en él hasta que se ejecute el testamento y no haya peligro de que lo incluyan en el patrimonio de tu madre. Después, quiero que me lo devuelvas —le dijo sin la más mínima vergüenza. Se subió a su nuevo coche de alta gama y salió a toda prisa.

Sally no tenía ganas de volver a su apartamento, pero legalmente le pertenecía, así que no iba a devolvérselo de ninguna manera.

¿Cómo había podido hablarle con tanta cruel-dad e indiferencia en el funeral de su esposa y madre de su hija?

Sus palabras clamaban al cielo.

Sally se puso una coraza de hierro y no dejó que las insolencias de su padre la afectaran. Él debía de pensar que todavía era una niñita inocente y tonta, tan manipulable como su madre.

Pero no.

Por mucho que le doliera el corazón, por muy sola que se encontrara, jamás volvería a entrar en el juego de hombres como su propio padre o como el mismísimo Zac Delucca.

Ante la insistencia de Al, Sally pasó unos días en la casa de sus padres, y así, rodeada de amigos que la apoyaban y apreciaban de verdad, empezó a superar la dolorosa muerte de su madre.

Pero eso no fue todo.

Finalmente se dejó convencer por su amigo del alma y decidió tomarse un año sabático para viajar por el mundo.

Una semana más tarde, la joven regresó a su apartamento con la mente llena de buenas intenciones. La primera era tomarse una buena taza de café.

Puso a llenar la cafetera y entonces vio la luz que parpadeaba en el contestador automático.

Zac…

El corazón le dio un vuelco.

Ya habían pasado cuatro semanas largas y tristes desde la última vez que lo había visto. Fue hacia el aparato y apretó el botón.

Dos mensajes.

Ninguno de Zac.

En el primero nadie hablaba, así que debía de ser un número equivocado, y el segundo mensaje era del agente inmobiliario que se estaba ocupando de la venta de su apartamento.

El hombre le decía que se pusiera en contacto con él de inmediato. Al parecer tenía a un comprador dispuesto a pagar el precio más alto si le dejaba los muebles y si abandonaba la propiedad en dos semanas...

Agosto en Perú... Primavera en el horizonte.

Ilusionada, Sally respiró el aire cálido que le acariciaba el rostro y subió al autobús del aeropuerto de Lima con el resto de turistas. Tenía treinta días por delante para explorar aquel país maravilloso.

Todavía se acordaba de su madre en todo momento, pero la tristeza ya no le impedía seguir adelante con su vida. Además, Zac Delucca ya era historia. Si bien pensaba en él muy a menudo, ya había empezado a olvidar aquella aventura de una semana, y por fin había aceptado que no podía haber nada más entre ella y un mujeriego como él.

Ese día era su cumpleaños: tenía veintiséis años de edad y era libre para hacer lo que quisiera. Por primera vez en su vida no tenía que preocuparse por nada ni por nadie.

Atrás quedó el bullicioso ajetreo de Londres.

Después de vender el apartamento y el coche, pasó una semana en casa de Jemma y entonces se embarcó en el viaje de su vida. Su amiga iba a guardarle las pocas pertenencias que le quedaban y después…

Sally sonrió para sí.

Un mundo desconocido y hermoso se abría ante sus ojos; un mundo lleno de posibilidades e ilusiones. Tenía más dinero del que jamás había imaginado y algún día compraría la casa de sus sueños, pero aún no era el momento.

Su jefe había accedido a darle un año sabático y las cosas no podían irle mejor. Aunque a veces se despertara en mitad de la noche, sudorosa y agitada, el recuerdo de Zac se desvanecía poco a poco. Ya hacía siete semanas desde la despedida, pero eso ya no importaba.

Zac Delucca se pasó una mano por el cabello. No era capaz de concentrarse en los papeles que tenía delante. Giró la silla y miró por la ventana de su despacho. La belleza de Roma se extendía a sus pies, pero él no pensaba más que en Sally. Ya había perdido la cuenta del número de veces que había agarrado el móvil sin llegar a marcar su número.

No tenía el valor suficiente.

Una vez, sin embargo, sí llegó a comunicar, pero entonces saltó el contestador automático.

No dejó mensaje alguno.

Lisa no había sido suficiente para calmar su

sed. De hecho, ni siquiera se había sentido con ánimo para llevársela a la cama.

Salmacis, la ninfa de la fuente… El pobre Hermafrodito no había tenido elección alguna, sino unirse a ella para siempre…

Zac sonrió para sí.

La puerta del despacho se abrió de repente y él se dio la vuelta.

—Dije que no quería que me molestaran —dijo en un tono feroz.

Sin hacerle caso, Raffe entró y se sentó frente al escritorio.

—Te contraté para que te ocuparas de todo. ¿Cuál es el problema ahora?

—Nada… Excepto tú. Según Anna, tu secretaria, es imposible trabajar contigo y alguien tiene que decírtelo. Como ves, me ha tocado a mí. Llevas cuatro meses viajando sin ton ni son y nos tienes locos a todo el personal. Aquí en Roma y también en América, por no hablar de Asia. Por lo visto, tu actitud grosera y prepotente ofendió sin remedio al presidente de una empresa que íbamos a comprar. Bueno, resulta que acaba de llamarme y me ha dicho que no quiere seguir adelante. ¿Qué demonios te pasa, Zac? ¿Tienes líos de faldas?

—No tengo líos de faldas —dijo él en un tono de furia creciente.

Raffe guardó silencio un momento.

—Bueno, es evidente que hay algo que te preocupa —dijo finalmente—. Y lo mejor es que lo resuelvas cuando antes, por el bien de todos. Pero, bueno, volvamos a los negocios. Acabo de volver de Londres y todo va como la seda. Además, hemos firmado un nuevo contrato con el gobierno de Arabia Saudí, así que ahora somos sus principales proveedores.

Zac apenas había escuchado las últimas palabras de Raffe. Su mente sólo podía pensar en una cosa, o mejor dicho, en una persona.

—Bien. ¿Y Paxton? ¿Se está comportando como es debido?

—Sí, aunque nunca entendí por qué te apiadaste de él sólo porque su esposa estaba en una residencia. No sueles ser tan generoso cuando se trata de negocios. Bueno, de hecho, ahora ya no importa porque su esposa falleció hace unos meses. Se tomó unos días de baja por fallecimiento y ya ha vuelto al trabajo, así que nada te impide despedirlo ahora. No le vendría mal tener su merecido.

Zac miró fijamente a su asistente y trató de asimilar sus palabras.

—¿Y su hija? —le preguntó, poniéndose en pie—. ¿Sally?

—¡Vaya! ¡Debí imaginármelo! —exclamó Raffe, sonriendo—. Mal humor, irritabilidad… Todo cuadra. Tu problema es la preciosa hija de Nigel Paxton, y por eso le dejaste quedarse. ¿Tengo razón?

Zac lo miró con ojos serios e inexorables.

—Cierra el pico, Raffe, y prepárame el jet. Me voy a Londres.

Cinco días más tarde, Zac salió por la puerta del British Museum, a punto de darse por vencido.

Sally parecía haberse esfumado de la faz de la Tierra.

La primera sorpresa fue descubrir que había vendido el apartamento y que no había dejado ninguna otra dirección. El agente inmobiliario que se ocupó de la venta no le fue de ninguna ayuda. Solamente le dijo que el inmueble había estado más de dos meses en venta.

Ella nunca le había mencionado nada al respecto, pero Zac no tardó en entender que ella quería venderlo con el fin de conseguir el dinero necesario para pagarle.

Poco después, logró hablar con su padre, pero Paxton desconocía el paradero de su hija y tampoco quería saberlo. Charles, su jefe en el museo, le había comentado que ella se había tomado un año sabático. Le había dicho que se mantendría en contacto, pero aún no había tenido noticias suyas.

Finalmente, Zac se tragó el orgullo y contactó con Al, quien le dijo que Sally se había ido a Perú a pasar un mes de vacaciones. Sin embargo, de eso ya hacía dos meses y su amigo de la infancia no sabía qué había hecho después.

Zac se detuvo junto a su deportivo y apoyó las manos en el capó. Unas oscuras sombras se dibujaban bajo sus ojos, y la expresión de su rostro era la de un hombre cansado y desorientado que no sabía qué hacer. Había llamado a Charles por segunda vez, pero todo había sido en vano.

Sally se había desvanecido.

Sólo le quedaba contratar a un detective privado...

Decidido a hacerlo, abrió la puerta del vehículo y, justo cuando estaba a punto de subir...

–Disculpe, ¿es usted el señor Delucca?

Zac estaba a punto de ignorar a la joven, pero entonces...

–Mi jefe me ha dicho que está buscando a mi amiga Sally.

Sally no se fijó en el enorme coche negro que estaba aparcado a unos cincuenta metros calle arriba.

Redujo marchas, giró a la derecha y entró en el aparcamiento exterior. Bajó del vehículo y recogió la bolsa de la compra, que contenía el nuevo teléfono móvil que había comprado.

Con una sonrisa en los labios, avanzó por el camino que atravesaba el jardín hasta llegar a la pequeña casa de campo que había alquilado en la ciudad costera de Littlehampton.

Una vez, cuando apenas contaba con seis años de edad, había pasado un fin de semana con su madre y su abuela en un hotel muy cerca de allí, y ése era uno de los recuerdos más bonitos que guardaba de la infancia.

Su vida había dado un cambio radical desde aquel inesperado desmayo en lo alto del Machu Picchu; un cambio para bien...

Al principio le costó un poco aceptarlo, pero las náuseas no tardaron en aparecer y al final tuvo que rendirse ante la evidencia.

Abrió la puerta y entró en el recibidor. Colgó el

abrigo, dejó la bolsa de la compra en el salón y fue a la cocina a prepararse una taza de té.

¿Cómo era tan caprichoso el destino?

Unos meses antes lloraba desconsolada por la pérdida de una vida sin siquiera sospechar que otra nueva crecía en su interior…

Mientras calentaba el agua, se dispuso a sacar la compra de las bolsas; algo de comida, el teléfono móvil, unas botas diminutas…

Una dulce sonrisa se dibujó en sus labios y entonces…

Sonó el timbre de la puerta.

Capítulo 13

SALLY se quedó boquiabierta, perpleja. El hombre que estaba ante sus ojos era… Zac Delucca. Se aferró al picaporte, pues las piernas apenas la sostenían.

–Hola, Sally.

–Zac, ¿qué estás haciendo aquí? –le preguntó ella en un tono cortante, intentando disimular la conmoción sin mucho éxito.

–Una amiga tuya que se preocupa por ti, Jemma, me pidió que viniera a verte.

–¿Jemma?

Había llamado a su amiga en dos ocasiones desde su marcha de Londres; la última vez justo después de reservar en un hotel situado justo a las afueras de Littlehampton. Sin embargo, ya hacía un tiempo que no hablaba con ella, sobre todo porque había perdido su viejo teléfono móvil.

–Pero ella no sabía mi nueva dirección, así que ¿cómo me encontraste? –le dijo, preguntándose qué jugarreta del destino podría haberle llevado hasta allí.

–Hace frío aquí fuera –dijo él–. Por favor… déjame entrar. Necesito beber algo –añadió, ignorando la pregunta. No recordaba haber tenido tanto miedo en toda su vida y las palabras apenas le salían.

Sally tragó en seco y lo miró fijamente.

Algo había cambiado en él. Estaba mucho más delgado y unas delgadas líneas de expresión surcaban su hermosa piel cerca de la comisura de los labios y también junto a los ojos. Además, tenía unas ojeras enormes y la ropa parecía quedarle grande.

Retrocediendo un paso, le dejó entrar en la casa.

—La cocina está por aquí… —empezó a decir, demasiado tarde.

Él ya se había dirigido hacia el salón. A toda prisa, fue tras él y agarró la ropa de bebé que había dejado sobre la mesa, pero, de nuevo, era demasiado tarde. Él ya había recogido las pequeñas botas.

—Dame eso —dijo ella bruscamente y extendió la mano—. Voy a recoger todo esto y te prepararé una taza de café. Dijiste que tenías frío. Octubre es un mes muy frío por aquí… —hablaba de forma compulsiva, pero no podía parar.

—Basta, Sally —dijo él, agarrándola del brazo con decisión—. ¿Ropa de bebé? ¿Para quién? ¿Para ti? —le preguntó, taladrándola con la mirada.

—¿Y qué pasa si es así? —dijo ella en un tono desafiante.

Se soltó de él con rabia, recogió las prendas y las metió en una bolsa.

—No es asunto tuyo.

Aquella respuesta encendió una chispa de furia dentro de Zac.

Ella estaba embarazada… de otro hombre.

Él siempre había usado protección, así que ese bebé no podía ser suyo.

Al imaginarla en brazos de otro, se sintió como

si acabaran de clavarle un afilado cuchillo en el corazón. Todos esos largos meses, mientras él la añoraba con fervor, ella había estado con otro.

¿Pero cómo había sido tan idiota? ¿Cómo se había dejado engatusar de esa manera?

Debería haberla utilizado hasta cansarse de ella, sin remordimientos ni escrúpulos de ningún tipo.

—¿Entonces quién es el padre? —le preguntó en un tono corrosivo—. ¿O es que no lo sabes? Según recuerdo, fuiste una alumna muy aventajada, pero pensaba que te había enseñado mejor. Deberías haber usado algún método anticonceptivo. Yo siempre lo hice, incluso cuando me suplicabas que no me lo pusiera —añadió con gran sarcasmo.

Sally montó en cólera y, dando un paso adelante, le cruzó la cara con una bofetada feroz.

—¡Maldito bastardo engreído! ¡El príncipe azul! ¡Don Perfecto! —gritó con todas sus fuerzas, perdiendo la compostura—. Bueno, me parece que no eres tan listo como crees. Mi bebé fue concebido el diecinueve de junio, así que haz las deducciones pertinentes, y ahora, sal de mi casa. ¡Fuera!

Con las mejillas ardiendo de rabia, Zac quiso agarrarla de las manos, pero entonces se detuvo.

Aquella fecha estaba grabada con fuego en su memoria porque ésa había sido la primera vez que habían hecho el amor.

Rememorando aquel momento exquisito, cayó en la cuenta de que la segunda vez no había llegado a ponerse un preservativo por culpa de aquella maldita palabra. Había perdido los estribos y la había hecho suya desenfrenadamente.

–Bien –murmuró con la cara blanca como la nieve.

Ella tenía razón. Estaba embarazada de él. Él era el padre de su hijo.

Profundamente conmocionado, Zac bajó la cabeza y guardó silencio. Tenía que mantener la calma y analizar la situación con la frialdad calculadora que siempre lo había caracterizado.

Unos segundos más tarde, ya con las ideas claras, volvió a levantar la vista.

El embarazo de Sally resolvía todos sus problemas de un plumazo. De hecho, las cosas no podrían haberle salido mejor aunque lo hubiera planeado.

Ella tenía que ser suya de una forma u otra y, gracias a ese afortunado embarazo, no tendría que rebajarse para conseguirla; algo que jamás se había visto obligado a hacer.

Además, seguramente ella le estaría muy agradecida cuando le dijera que estaba dispuesto a casarse. Un hijo, un heredero… La idea se hacía cada vez más atractiva.

–Bien –repitió ella–. Me alegro de que por fin nos pongamos de acuerdo. Y ahora vete –echó a andar hacia el recibidor, pero él la agarró del hombro y la hizo detenerse.

–Creo que no me has entendido bien, Sally –le dijo, obligándola a darse la vuelta–. No voy a ir a ninguna parte, *cara* –sonrió–. Es evidente que tenemos que hablar. Descubrir que estás esperando un hijo mío ha sido toda una sorpresa y admito que mi primera reacción no ha sido la más adecuada. Sin embargo, no soportaría verte en brazos de otro hombre. Quiero que sepas que acepto que el niño que llevas en tu vientre es mío y, como es lógico, me casaré contigo tan pronto como sea posible.

Anonadada, Sally lo miró a los ojos.

Él sonreía; confiado y seguro de que aceptaría su generosa oferta.

—Creo que ya te he dicho esto —dijo la joven, haciendo acopio de toda su voluntad para no volver a darle una bofetada y borrarle la sonrisa de la cara—. Peor te lo voy a decir de nuevo para que no quede ninguna duda en tu mente. No me casaría contigo aunque fueras el último hombre en la faz de la Tierra.

El rostro de Zac se transfiguró por la rabia.

—Si no me hubiera presentado aquí hoy, ¿me habrías dicho que estabas embarazada? —le preguntó con dureza.

—No lo tenía en mente.

—No te creo. Lo primero que piensa una mujer que acaba de descubrir que está embarazada es en el padre, y en tratar de pescarlo a toda costa, si es que no lo tiene bien amarrado ya —le espetó con sarcasmo.

Sally se puso furiosa. Ésa era la clase de mujer a la que él estaba acostumbrado, pero ella no era de ésas.

—Quería disfrutar de mi embarazo, relajada y libre de estrés, y como tú eres la persona menos relajada que conozco, decidí decírtelo más tarde. Pero al final te lo habría dicho. Iba a hacerlo después del nacimiento de mi bebé.

—¿Después? —Zac la miró a pies a cabeza como si acabara de conocerla—. ¿Ibas a decírmelo después de que naciera mi hijo? –le preguntó, yendo hacia ella–. ¿Cuánto después? ¿Un año? ¿Dos? ¿Diez? –la agarró con fuerza y la atrajo hacia sí–. Bueno, escúchame, Sally Paxton. A partir de ahora yo voy a pensar por los dos. Ningún hijo mío nacerá fuera del matrimonio. Te casarás conmigo, y nuestro hijo tendrá padre y madre.

–No –le dijo ella entre dientes–. No me casaré contigo. Pero te daré tus derechos de visita –añadió, tratando de mantenerse ecuánime, pero decidida a no dejar que Zac Delucca la apabullara con su poder y presencia.

–Si alguno de los dos va a tener derechos de visita, entonces vas a ser tú, porque mi hijo va a vivir conmigo. Pediré la custodia en cuanto venga a este mundo.

–No la conseguirás –le dijo ella, cada vez más furiosa–. Esto es Inglaterra. La madre casi siempre consigue la custodia.

–Pero no siempre. Si es necesario, te veré en los tribunales una y otra vez, no sólo aquí, sino también en los europeos, los juicios se extenderán durante años y finalmente tendré a mi hijo. ¿Es eso lo que quieres para él?

–¿Harías algo así? –Sally vio la implacable determinación que brillaba en aquellos oscuros ojos y de pronto tuvo mucho miedo.

–Sí –dijo y, antes de que ella pudiera moverse, la agarró de la cintura y la hizo pegarse a él–. Pero no tiene por qué ser así, Sally.

Ella sintió cómo se le endurecían los pezones contra el fino tejido del jersey que él llevaba puesto. Su reacción fue instantánea y no pudo hacer nada para evitarlo, excepto agarrarle de los brazos y tratar de separarse. Sin embargo, no servía de nada.

–Sé razonable, Sally –dijo él, notando su respuesta sobre el pecho–. Sexualmente somos más que compatibles –le dijo en un tono seco–. Todos los matrimonios son una mera transacción de dinero, y Dios sabe que eso es lo que a mí me sobra. O me gastaré una fortuna luchando contra ti en los tribunales, o de lo contrario te casarás conmigo y nuestro hijo y tú tendréis todos los beneficios que el dinero puede dar. La elección es tuya, pero yo siempre saldré ganando al final, de un modo u otro. Yo siempre gano, Sally.

Sally lo miró fijamente una vez más y trató de descifrar la expresión de su rostro. La tensión que había en la habitación enrarecía el aire, haciéndolo irrespirable.

Era su elección… Si no se casaba con él, condenaría a su bebé a un tormento de batallas en los tribunales. Sin embargo, sólo estaba de cuatro meses y, a pesar de lo que él pudiera decir, tenía mucho tiempo para tomar una decisión.

–Entonces, te veré en los tribunales –le dijo con desprecio.

Él la miró un instante con los ojos llenos de rabia y asombro, y entonces dejó caer los brazos, soltándola por fin.

–Ahora quiero que te vayas.

–No antes de que me des el café que me prometiste… Me he llevado una buena sorpresa. Estoy helado y es lo menos que puedes hacer por el hombre que te ha dado a tu hijo –le dijo en un tono burlón e irónico.

Sally se debatió un instante entre los buenos modales y las ganas de librarse de él.

–Por favor... –añadió él, inclinando la balanza a su favor.

–Siéntate –dijo ella, indicando el sofá–. Te prepararé un café y después te vas –dio media vuelta y fue hacia la cocina.

El agua que había puesto al fuego para prepararse una taza de té llevaba un rato hirviendo, así que sólo tenía que prepararle el café. Se puso a buscar una taza en el armario, pero no era capaz de encontrarla. La ofuscación que sentía no la dejaba funcionar con normalidad.

Apoyó las manos en la encimera, bajó la cabeza y se quedó quieta un momento. Había estado a punto de perder los estribos, pero finalmente había logrado estar a la altura. Verle, después de tanto tiempo, la había hecho sentir unas emociones que ella había enterrado en un remoto rincón.

Levantó la cabeza, miró por la ventana y contempló los interminables campos que se extendían más allá del jardín. Tomó el aliento varias veces, le preparó un café instantáneo y se sirvió una taza de té.

No quería verle más, pero no tenia más remedio que hacerlo. Bandeja en mano, dejó escapar un suspiro y se armó de valor para volver al salón.

De alguna forma, él tenía razón. Al fin y al cabo tendrían que hablar del asunto. Su bebé se merecía conocer a su padre.

¿O quizá no? Sally pensó en el suyo propio...

Capítulo 14

SALLY le pasó por delante con indiferencia y puso la bandeja sobre la mesa. Entonces agarró su taza de té y le dio la cara.

Él la esperaba sentado en el sofá, con los codos apoyados en las rodillas y la cabeza entre las manos.

El gran Zac Delucca parecía completamente abatido, agotado.

–¿Te encuentras bien? –preguntó ella. Aunque no quisiera, no podía evitar mirarlo con ojos de preocupación.

Jamás le había visto así hasta ese momento. Zac siempre había estado lleno de vitalidad. Él siempre lo tenía todo bajo control, en cualquier circunstancia.

Al oír la pregunta, él levantó la vista y la joven pudo ver incertidumbre y dolor en sus oscuras pupilas.

–No. En realidad, no, Sally. Llevo un rato aquí sentado pensando en lo que pasó entre nosotros, pensando en cómo lo estropeé todo.

–Tu café –dijo ella, dándole la taza. No quería hablar de todo aquello. No se sentía con fuerza.

–Gracias –al tomar la taza en las manos, la rozó

con los dedos levemente, desencadenando un escalofrío que la recorrió de pies a cabeza.

Sally retrocedió.

—Me temo que es café soluble —le dijo, sentándose en el sofá opuesto—. El otro se me acabó hace un tiempo, y como ya no tomo café…

—Es igual —bebió un sorbo—. O quizá no —hizo una mueca y volvió a poner la taza sobre la mesa—. ¿No tienes nada más fuerte? ¿Whisky? ¿Vino, quizá?

—No. No bebo por el bebé.

—Ah, sí… Nuestro bebé —dijo él suavemente.

Sally se dio cuenta de que la furia había remitido. Sin embargo, algo le decía que el nuevo Zac que estaba ante sus ojos, tranquilo y sosegado, era mucho más peligroso.

—Debes de odiarme de verdad, Sally, si de verdad estás dispuesta a enfrentarte a mí en los tribunales por la custodia de nuestro hijo. Yo nunca habría hecho una cosa así, pero a veces mi temperamento es más fuerte que yo. Todo el mundo dice que lo ideal es tener un padre y una madre, pero yo me crié en un orfanato y habría dado cualquier cosa por haber tenido uno al menos.

Sally guardó silencio. A lo mejor hablaba de corazón, pero no se fiaba de él.

Agarró la taza de té y bebió un sorbo. En realidad no tenía intención de luchar con él por el bebé. Sólo necesitaba un poco de tiempo y espacio para pensar en una alternativa… Sin embargo, no tenía ganas de serle sincera.

«Que sufra un poco…», se dijo a sí misma.

Después de todo, él ya la había hecho sufrir bastante.

«Mentirosa…», dijo un pequeño diablillo desde un rincón de su mente. «Zac te hizo profundamente feliz…».

Nerviosa, dejó la taza sobre la mesa y se alisó la falda con un gesto compulsivo.

El silencio entre ellos se dilataba de forma interminable.

—¿Cómo me encontraste? —volvió a preguntarle—. No me lo has dicho.

—Estaba en Londres y te llamé a tu apartamento para darte el pésame por la muerte de tu madre. Con un poco de retraso, me temo, pero Raffe me lo acababa de decir. Yo sé muy bien todo lo que hiciste por ella —dijo e hizo una pausa—. Sé lo mucho que la querías y siento muchísimo tu pérdida.

—Gracias. Pero todavía no has contestado a mi pregunta. ¿Cómo conseguiste mi dirección?

—Cuando llamé a tu apartamento, me llevé una gran sorpresa al averiguar que habías vendido la propiedad, y tu padre no tenía ni idea de dónde estabas. Fui al museo para ver si tu jefe sabía algo y, justo cuando me iba, apareció tu amiga Jemma. Me dijo que estaba muy preocupada por ti. Por lo visto, después de volver de Perú, te quedaste en su casa una temporada; te compraste un coche… También me dijo que tenías intención de viajar por toda Inglaterra. Le dijiste que ibas a llamarla todas las semanas, pero después de un par de llamadas desde un hotel cercano, desapareciste y no volviste a dar señales de vida. Ella lleva todo un mes intentando comunicarse contigo.

–Perdí el móvil, o me lo robaron. Acabo de comprar uno nuevo.

Él miró la caja que estaba sobre la mesa.

–Ya veo. De todos modos, le dije a Jemma que la ayudaría a encontrarte. Llamé a una agencia de detectives privados, les di el nombre del hotel desde donde habías llamado, y conseguí tu dirección en menos de veinticuatro horas.

–Oh.

–¿Oh? ¿Eso es todo lo que vas a decir? –le preguntó él en un tono tranquilo–. ¿No quieres saber por qué vine yo en lugar de Jemma?

–Es que llevo bastante tiempo sin dedicarte ni uno solo de mis pensamientos –dijo ella con sarcasmo.

–Y no puedo culparte por ello –sacudió la cabeza–. Te traté injustamente cuando te obligué a aceptar aquel acuerdo inhumano. Y lo siento muchísimo.

Sally no podía creer lo que acababa de oír.

¿Zac Delucca, disculpándose?

–Olvídalo. Yo lo he hecho –le dijo, mintiendo.

–Maldita sea, Sally –se puso en pie–. Yo no puedo olvidarlo –dijo, andando de un lado a otro.

Finalmente se sentó a su lado y ella trató de levantarse, pero él la agarró de la cintura y no la dejó moverse.

–Por favor, siéntate un momento y escúchame –le pidió–. Por lo menos concédeme ese derecho.

Ella dejó de luchar. Él no se merecía ninguna concesión por su parte, pero era demasiado fuerte como para oponerle resistencia. Además, aunque no quisiera admitirlo, también sentía una gran curiosidad por oír lo que iba a decirle.

–Te eché muchísimo de menos cuando nos separamos, Sally, y me di cuenta de que no quería olvidarte, no podía olvidarte –le dijo él en un tono solemne–. Ni entonces, ni ahora, ni nunca.

Ella apartó la vista.

–Si esto es un truco para convencerme de que me case contigo por el bebé, olvídalo. Mi madre está muerta y no te debo nada –le espetó.

–No es ningún truco. Lo juro. Había decidido volver a Londres para pedirte perdón por ser un idiota arrogante y prepotente mucho antes de hablar con Raffe. Sin embargo, cuando él me dijo que tu madre había muerto, supe que tenía que venir cuanto antes y lo usé como excusa para no tener que decirte la verdad… La verdad, Sally, es que soy un imbécil orgulloso y me cuesta mucho mostrar mis sentimientos. Bueno, en realidad no tenía ninguno hasta que tú apareciste. En cuanto te vi entrar en Westwold aquel día, te deseé con una pasión que jamás había sentido. Te sonreí, pero tú pasaste de largo…

–Y tu ego es demasiado grande, ¿verdad? –dijo ella, mirándole a los ojos, lo cual sería un error.

En aquellas oscuras pupilas había una gran calidez, pero eso no era todo. También había un atisbo de vulnerabilidad.

Sally contuvo el aliento y rehuyó su mirada rápidamente.

A lo mejor sí le estaba diciendo la verdad… A lo mejor ya no era el mismo Zac Delucca al que había conocido en el pasado, implacable y cruel.

–Sí –admitió él con vergüenza–. Pero tuve lo que me merecía.

Sally todavía no confiaba en él, pero parecía tan sincero, que se sintió obligada a darle una explicación.

–Estaba tan preocupada por mi madre ese día que apenas me daba cuenta de nada. El médico me había dicho que no le quedaba mucho tiempo.

Zac la agarró con más fuerza.

–Bueno, ahora me siento todavía peor –hizo una mueca–. Yo te obligué a aceptar un acuerdo denigrante en el peor momento de tu vida. Sólo puedo repetir que lo siento, Sally. Fui un estúpido. Sin embargo, estaría mintiendo si te dijera que siento haberte hecho el amor. Creo que me enamoré de ti aquel día. Lo primero que pensé cuando te vi con aquel vestido… Se me paró el corazón. Nunca había sentido algo así... A lo mejor mi subconsciente trataba de mandarme un mensaje que no supe entender.

Sally trató de respirar hondo, pero no fue capaz. Zac le acababa de decir que se había enamorado de ella, pero, ¿cómo iba a creerlo así como así?

–Desde el primer momento me confundiste una y otra vez. No hacía más que darle vueltas a la cabeza y no dejaba de cambiar de idea sobre ti. Pero desde nuestro primer beso en la limusina, supe que tenías que ser mía –guardó silencio un instante–. La noche en que fui a tu apartamento, cuando me echaste de tu lado sin contemplaciones… Aquel día me marché furioso, decidido a no volver a verte.

—De eso no me quedó la menor duda —dijo Sally—. Creo que me convenciste del todo cuando me dijiste que metiera la cabeza en la nevera, a ver si me enfriaba un poco, ¿no? —le recordó con ironía.

Zac esbozó un atisbo de sonrisa.

—No fue uno de mis mejores momentos, Sally. La única excusa que puedo darte es que estaba furiosa, fuera de sí. Te deseaba tanto… —la agarró de la mano y se la apretó con energía—. Pero, después, cuando hicimos el amor, entendí por qué me habías rechazado antes. Tenías miedo porque era la primera vez que lo hacías.

Salle sintió un escalofrío por la espalda. Él estaba llegando a su corazón. La estaba haciendo recordar cosas que había intentado olvidar.

Bruscamente, apartó la mano y se soltó de él.

—No fue eso, Zac. Al vernos reflejados en el espejo del techo, recordé dónde me encontraba, en el nidito de amor de mi adúltero padre. Él engatusó a mi madre y así vendió la casa familiar. A mí me dio el apartamento de Kensington a instancias de mi madre y para ahorrarse unos cuantos impuestos. Y él se compró un flamante piso en Notting Hill. Mi madre siempre lo apoyó en todo porque estaba ciega de amor —le dijo, todavía furiosa y llena de rencor contra su padre—. Yo odiaba ese apartamento. La primera semana, nada más mudarme, tuve que contestar a las incesantes llamadas de sus amantes y al final tuve que cambiar el número. Además, cambié los muebles y lo decoré a mi manera, pero no fue suficiente. Nada podía cambiar aquel lugar —hizo una pausa—. La única razón por la que decidí que tuviéramos nuestros encuentros en aquel odioso apartamento era tener siempre presente la infidelidad de los hombres. Como ves, era el lugar idóneo para llevar a cabo lo que tenías en mente.

Sally se calló de repente. Ya había dicho suficiente.

Hurgar en el pasado era doloroso y no quería seguir torturándose. Lo único que quería en ese momento era verle marchar y tener un poco de paz.

Intentó levantarse del sofá.

—*Dio!* —exclamó él—. Esto empeora por momentos. Pero dicen que hablar las cosas alivia el alma, y tú tienes que dejarme terminar, Sally —le dijo, decidido—. No tenía intención de volver a verte después de aquella noche, pero cuando te vi con Al en ese restaurante, me volví loco. Estaba celoso por primera vez en toda mi vida… Estaba furioso. Sólo quería librarme de él.

Aunque hablara en serio, Sally tuvo que reprimir las ganas de reír.

—Pero, a pesar de todo, hice un gran esfuerzo por ser sociable y amable —le dijo y la miró fijamente—. ¿Y tú qué hiciste? Ignorarme e insultarme.

—¿Y qué esperabas? ¿Una medalla?

—No te burles, Sally. Hablo en serio. Estaba rabioso, lleno de furia, y por eso decidí utilizar lo de tu padre en tu contra. Sabía que tú sentías algo por mí, y sólo quería tenerte a mi lado, a cualquier precio. Me comporté de la forma más vil y estoy profundamente avergonzado, pero no me arrepiento del resultado. Aunque siento muchísimo haberte hecho tanto daño, nunca me arrepentiré de haberte hecho el amor. Aquella fue la experiencia más maravillosa de toda mi vida, y siempre lo será. Lo que trato de decir, Sally, es que te quiero, y quiero casarme contigo. Eso es lo que más deseo en mi vida.

Frunciendo el ceño, la joven guardó silencio. No sabía si creerle o no, pero no estaba dispuesta a caer en una trampa.

La vida le había enseñado a no confiar en los hombres.

—¡Uff! —exclamó en un tono irónico—. ¡Casi me engañas! Te presentas en mi casa y, al ver que estoy embarazada, me insultas y después me pides que me case contigo. ¿Por qué debería creerte ahora? Yo también recuerdo muy bien aquel paseo en limusina. Entonces me dijiste que no te gustaban los compromisos y que no tenías intención de casarte, así que no veo por qué tengo que creerme todo esto ahora. ¿Esperas que me crea esta dramática transformación? Hace un momento eras un ex arrogante y soberbio, y de repente te conviertes en un hombre comprensivo y compungido, dispuesto a casarse a toda costa. ¡Qué ironía!

—No me crees, y me lo merezco. Pero, Sally, si me das otra oportunidad para demostrarte lo mucho que te quiero… No voy a presionarte para que hagamos el amor como solía hacer antes, aunque reconozco que la espera será una tortura… Te necesito, te deseo con todo mi ser. Te has metido en mi corazón como ninguna otra mujer lo ha conseguido antes.

Al oírle mencionar a otras mujeres, Sally volvió a la realidad. La imagen de Margot aún estaba fresca en su memoria.

Agarró la taza de té, le dio un sorbo y trató de controlar los nervios que la hacían temblar de rabia.

—Bueno, eso de que soy la única mujer que se te ha metido en el corazón... No me parece que sea gran cosa, teniendo en cuenta cuántas mujeres se te han metido en la cama. ¡Margot, por ejemplo! Debes de creer que soy idiota, Zac Delucca. Trataste de seducirme el lunes, el martes te la llevaste a la cama y a la noche siguiente te acostaste conmigo a fuerza de chantaje —Sally no tardó en ver el efecto de sus palabras.

Zac se puso tremendamente pálido y su cuerpo se tensó. De repente parecía haber envejecido unos cuantos años.

—¿De verdad me desprecias tanto como para creerme capaz de semejante bajeza?

—Lo cierto es que estoy convencida.

—No me acosté con Margot ese día. De hecho, tú eres la única mujer con la que me he ido a la cama en mucho, mucho tiempo —le dijo, visiblemente afectado.

Sally sacudió la cabeza, escandalizada.

¿Cómo podía tomarle el pelo de esa manera?

¿Zac Delucca, sin una mujer en su cama cada noche?

—Por favor... —le dijo—. Vi un coletero suyo en el cuarto de baño de tu casa, y también horquillas y un frasco de perfume de mujer. Deja ya de decir mentiras.

Él guardó silencio un momento, frunció el ceño y entonces echó atrás la cabeza.

Una extraña sonrisa iluminaba su rostro.

—Entonces ésa es la razón por la que aquella noche dejaste de ser la dulce Salmacis para convertirse en una bruja malvada —le quitó la taza de la mano, la puso sobre la mesa y, agarrándola con fuerza, la atrajo hacia sí.

—¿Qué…?

Sin darle tiempo a reaccionar, tomó sus labios con un beso arrebatador que la desarmó sin remedio. Por mucho que quisiera negarlo, todavía sentía algo por él. Su instintiva respuesta no dejaba lugar a dudas.

Besándola con frenesí, Zac gimió suavemente, la levantó en el aire y la puso sobre su regazo.

—Basta ya, Zac —dijo ella, arrollada por un tsunami de sensaciones.

La presión de sus cálidos brazos, la tensión de su magnífico cuerpo excitado…

No podía soportarlo más.

—Suéltame de una vez —añadió, empujándole en el pecho sin mucho éxito.

—Jamás —dijo él.

Sin embargo, aflojó un poco las manos y le permitió retroceder, sin llegar a soltarla del todo.

—¿Por qué has hecho eso? —le preguntó ella, apartándose el pelo de la cara y fulminándolo con una mirada.

—Tuve que hacerlo —dijo él, sonriendo de oreja a oreja—. Porque me diste el primer atisbo de esperanza que he tenido en muchos meses —añadió, sin arrepentirse de nada.

—¿Yo? —Sally no sabía qué pensar. Estaba totalmente desconcertada.

—Sí. Me he dado cuenta de que te morías de celos porque creías que había hecho el amor con Margot.

—¡Qué más quisieras tú! —exclamó Sally en un tono de falsa arrogancia.

—Tienes que creerme. Yo jamás hubiera hecho tal cosa después de conocerte. Tú tienes la habilidad de hacerme vibrar con una sola mirada, Sally. No hubo ninguna otra mujer después de conocerte, porque simplemente no me interesaban —le dijo, mirándola con una intensidad difícil de fingir—. Y en cuanto a las cosas que encontraste en mi casa, eran de la mujer de Raffe. Su esposa y él pasaron unos días en el apartamento durante la negociación con Westwold. Cuando llegué yo, él regresó a Italia. El apartamento es de la empresa, Sally, y no sólo lo uso yo.

—Oh… —de repente la joven se sintió como una tonta—. No sabía que Raffe Costa estuviera casado.

—Lleva cinco años casado, y tanto él como su mujer se mueren por tener un hijo —sonrió—. Creo que se va a alegrar mucho por nosotros.

—No hay ningún «nosotros» —dijo ella automáticamente.

—Oh, sí que lo hay —le aseguró él en un susurro y entonces le acarició la cabeza, enredando los dedos en su sedoso cabello rizado—. Y tú vas a casarte conmigo —le dijo en un tono firme—. Cuando nos separamos, pasé los peores momentos de toda mi vida. No paraba de pensar en qué estabas haciendo, con quién estabas… No puedo volver a pasar por ese infierno. Tenía unas pesadillas horribles y me despertaba en mitad de la noche, sudando y temblando, imaginándote en los brazos de otro. O si no, soñaba que estabas conmigo y después me despertaba completamente solo. No puedo volver a pasar por ello, y no me voy a ir hasta que me prometas que te casarás conmigo.

Sally lo miró con incertidumbre.

¿De verdad había sufrido tanto por ella?

Levantó la punta del dedo y trazó el surco que iba desde su nariz hasta la comisura de sus labios.

—Una vez me dijiste que querías tener tres hijos cuando todavía fueras lo bastante joven para disfrutar de ellos. Piénsalo, Sally. ¿Quieres que este bebé se críe solo, como tú y como yo? ¿No quieres que tenga hermanos con los que jugar?

—No era eso lo que quería decir. Sólo quería que me dejaras en paz.

—Pues entonces no te salió bien la jugada —de pronto se puso en pie, la miró con ojos solemnes y buscó algo en el bolsillo del pantalón—. Te conozco muy bien, Sally, y apostaría mi vida a que nunca se te pasaría por la cabeza deshacerte de este bebé, a diferencia de muchas otras mujeres.

—Esa apuesta sí la ganarías.

—También sé que no has tenido el mejor ejemplo de un matrimonio feliz por culpa de tu padre.

Ante la sorpresa de Sally, se arrodilló y, tomándola de la mano, le ofreció una pequeña cajita de terciopelo.

—Sally, mi Salmacis, cásate conmigo, por favor. Te quiero y te juro que jamás te traicionaré.

Abrió la caja y descubrió un radiante anillo de diamantes y zafiros.

—No te pido que me quieras. Sólo te pido que me dejes quererte, como tu esposo... ¿Y quién sabe si...?

Sally lo miró fijamente y, por primera vez, supo con certeza que decía la verdad. Había lágrimas brillantes y sinceras en sus ojos; lágrimas de amor.

—Sí —le dijo con un hilo de voz, dejando salir todo el cariño que había contenido durante tanto tiempo.

Rebosante de alegría, Zac le puso el anillo y, comiéndosela a besos, comenzó a desvestirla lentamente, tocándole el alma con cada caricia.

Un momento después estaban sentados sobre la alfombra, amándose con fervor. Con manos temblorosas, acarició sus pechos duros y grandes, y entonces bajó las manos hasta tocar su incipiente barriga.

Sally lo miró a la cara y vio asombro en aquellos ojos oscuros e insondables.

—No te haré daño, ¿verdad? —le preguntó él de repente, dándole un beso en el vientre.

Ella sonrió.

Por una vez, su amado Zac se había quedado sin todas las respuestas.

—No. Ya he pasado el primer trimestre. Todo está... bien —dijo, haciendo hincapié en la última palabra al tiempo que ponía su propia mano sobre la de él...

Epílogo

UN año y cuatro meses más tarde, Sally estaba en su casa de Calabria, viendo dormir al pequeño Francesco dentro de su cunita después de una ajetreada fiesta de cumpleaños.

Se había casado con Zac en Navidades, en una pequeña capilla en villa San Giovanni, el pueblo más próximo a su casa de campo. Vestida de blanco, había avanzado hacia el altar en compañía de sus mejores amigos; Jemma, Charles y su esposa, y también Al y los suyos.

Ese día su pequeño cumplía un año de vida; doce meses de hermosos días llenos de luz y color.

La joven bajó la mano y acarició su pelo negro y rizado con ternura.

Era la viva imagen de su padre y, con sólo mirarlo, sentía una felicidad desbordante que la llenaba por completo.

Se inclinó sobre la cuna, le dio un beso en la frente y entonces sintió dos brazos fuertes alrededor de la cintura.

–¿Está dormido? –preguntó Zac, contemplando a su hijo por encima del hombro de su esposa–. Parece un angelito. *Dio*, ¿no lo quieres con todo tu corazón?

Sally se volvió y le rodeó el cuello con los brazos.

Él acababa de salir de la ducha y sólo llevaba una toalla alrededor de las caderas.

–Sí. Y si ya te has recuperado de la fiesta, me gustaría llevarte a la cama y demostrarte lo mucho que... te amo, Zac.

Los ojos de él lanzaron un destello de pasión.

Cuánto había deseado oír esas palabras; cuánto había deseado oírla decir «te amo»...

La abrazó con fervor y besó cada uno de sus delicados rasgos, dejando los labios para el final.

–Gracias, muchas gracias, *cara mia* –le susurró al oído–. Tenía miedo de que no llegaras a decir jamás las palabras que tanto deseaba oír, aunque sé que lo sientes.

–Qué presuntuoso eres –dijo ella en un tono risueño–. Pero te quiero de todos modos.

–No, presuntuoso no. Sólo soy un hombre que te ama con locura. Bueno, ¿y qué era eso que decías de llevarme a la cama...?

Agarrándola de la cintura, se la llevó de la habitación del pequeño sin hacer ruido.

–Estaba pensando... –le dijo de camino al dormitorio principal–. Si estás de acuerdo, claro, quizá sea el momento adecuado para tener el segundo de esos tres niños que querías tener cuando nos conocimos.

–Ya veo que no vas a dejar que se me olvide, Zac.

La puerta de la habitación de matrimonio se cerró tras ellos. Al otro lado se oían risas y besos de amor...

Bianca

**¿Podría el bebé que llevaba en su interior hacer
que él aprendiera a amar?**

La violinista Eleanor
Stafford no estaba acostum-
brada a las fiestas, de modo
que no fue una sorpresa
que se quedara deslumbra-
da por el inquietante ruso
Vadim Aleksandrov. La vi-
brante atracción la hizo per-
derse en esa embriagadora
sensación… y arrojarse a
sus brazos.

Pronto, se vio viviendo
con él en su villa mediterrá-
nea, asistiendo a fiestas lle-
nas de glamour y colmada de
lujos. Debería haber estado
eufórica, pero en el pasado
de él había algo tan oscuro,
que ni siquiera su virginal
dulzura era capaz de sacar a
la luz…

Amor ruso

Chantelle Shaw

Acepte 2 de nuestras mejores novelas de amor GRATIS

¡Y reciba un regalo sorpresa!

Deseo™

Entre el amor y el engaño

JENNIFER LEWIS

Cuando su vida estaba en peligro, Alicia Montoya recurrió al único hombre en quien creía que podía confiar. Su nuevo novio, un texano alto y moreno, le ofreció refugio en su lujoso ático. Y ella aceptó ansiosa su hospitalidad y su protección.

Pero pronto descubrió la verdadera identidad de su amante: Justin Dupree, famoso playboy y eterno rival de su hermano. Alicia le había entregado su virginidad a un hombre que la había traicionado. ¿Cómo podía volver a confiar en él?

Había encontrado a la mujer perfecta...
pero su relación estaba construida
sobre una mentira

Bianca™

***Lo perdió todo y además se quedó embarazada
de un noble francés...***

El conde francés Jean-Luc Toussaint jamás había visto tal belleza en una mujer. La fogosa interpretación de la delicada pianista lo hipnotizó por completo y deseó saborear en primera persona esa pasión.

Completamente enamorada del conde, Abigail Summers pensó ingenuamente que podría tener un futuro a su lado. Tras una noche de amor, descubrió que estaba embarazada... y sola. Todo cambió cuando el francés leyó los titulares de los periódicos y regresó a su lado para reclamar lo que era suyo...

El conde francés

Kate Hewitt